늘 글을 쓰고 싶었다.

여고 시절 시집을 들고 다니며 글을 쓰는 친구들이 참 부러웠다. 그 땐 나도 글을 쓰고 싶었지만 그럴 경제적 여유가 없어 용기를 내지 못했다. 혼자서 글을 써 보려고도 했지만 잘되지 않았다.

그 후 오십 년이 지나고 이제라도 글을 쓸 수 있어 행복하다. 글을 쓰면 쓸수록 시간이 가면 갈수록 글쓰기가 더 어렵고 힘이 들었다. 모든 것들을 알고 나면 더 어려운 것처럼 나도 그렇다.

그 어려움을 극복하고 이겨내도록 힘을 실어 주시고 꼼꼼하게 글을 쓸 수 있도록 안내하고 이끌어주신 김홍은 충북대학교 명예교수님과 탈고에 도움을 주신 박 선생님께도 기○○리며 함께 공부한 문우님들의 도움에 무한 고마울 ○○

한 권의 책을 ○○○○○○○○○○운 일이 아니었다. 몇 번이고 후회○○○○○○○○○○○○○은 아닐까. 오래도록 곰삭은 젓갈처○○○○○○○○고 많이 습작했어야 했는데 너무 부족하여 부끄럽○○○○○의 넓은 아량을 바랄 뿐이다.

이 책이 세상에 빛을 보도록 곁에서 도움을 주신 분들께 다시 감사 드리며 우리 가족 남편과 딸, 사위, 아들, 손주들도 고맙다. 우리 친정 형제들에게는 다소 미안하다. 이해하리라고 생각하며 도움을 주신 모든 분께 사랑합니다.

2023년 초가을에

오명옥

5

차 례

1부 어머니와 열무

2부 부러운 시집살이

차 례

3부 똥 묻은 상장

4부 천상의 정원

1부

어머니와 열무

재래시장에는 어머니가 장사를 하시던 곳이라 그런지
언제 가도 정겹고 마음이 푸근하다. 열무 단을 쌓아놓고
어둑살이 내려앉은 시장 바닥에 앉아계시던 내 어머니가
눈물겹게 그립다.

- 〈어머니와 열무〉 중에서

어머니의 공책

　어릴 적 나는 어머니는 우리가 원하면 무엇이든 만들어주고 맛있는 음식은 드시지도 않는 마술사인 줄 알았다. 밤낮없이 일만 하시는 어머니가 책을 본다거나 무엇을 쓰는 것은 한 번도 본 적이 없었기에 그렇게 철없는 생각을 했었다.

　어머니가 돌아가시고 한 달이 더 지났다. 불현듯 솟아오르는 슬픔을 억누르느라 칠 남매 중 누구도 먼저 유품을 정리하자는 말을 꺼내지 못했다. 그저 아버지 눈치만 보고 있었다.

　어느 일요일 새벽, 마음먹고 어머니 집으로 갔다. 어머니 물건을 정리해야 할 것 같아서였다. 집 안 구석구석을 돌아보니 모두가 어머니 손길이 닿은 것들이라 어디서부터 손을 대야 할지 몰랐다. 큰 살림을 하셔서인지 부엌이며 베란다에도 정리할 물건들이 많았다.

　방으로 들어가 옷장을 열어보니 칸칸이 말끔하게 정리된 옷들이 외출한 어머니가 돌아올 때를 기다리고 있는 것 같았다. 주인 잃은 옷을 하나하나 살펴보니 사연이 담긴 것들이라 어머니의 추억이 생각났다. 막내아들 결혼식 때 입었던 옥색 한복과 액을 막아준다고 맏아들 환갑날 입었던 자주색 치마, 진달래꽃 피는 봄날에 자주 입었던 주름치마까지 어머니의 추억과 냄새를 찾으며 눈물이 났다. 그날, 옷을 정리하며 어머니의 정까지 모두 버리는 것 같아 가슴이 너무 아리고 아팠다.

다 버렸나 싶었는데 방 한쪽 구석에 있는 화장대가 보였다. 화장대 서랍을 여니 잘 정리된 물건 위에 놓인 공책 한 권이 눈에 들어왔다. 파란색 그림이 그려져 있는 초등학생들이 쓰는 칸이 넓은 줄 공책이었다.

공책을 펼치니 큰집 작은집 대소사는 물론 형제들의 생일과 당신 손주들의 생일까지 세세하게 기록되어 있었다. 큰집의 조카들과 조카며느리들의 생일까지도 모두 적어 놓으셨다. 그야말로 가족의 역사를 기록해 두신 우리 집안의 보물 같은 공책이었다.

어머니는 일찍 돌아가신 큰어머니를 대신하여 조카들에게까지 사랑을 나누어 주셨다. 순간, 어머니가 글을 모를 거라고 부끄럽게 여겼던 것이 죄스러웠다. 어머니는 가족 기념일을 적어 놓고 때가 되면 전화라도 해주시고 적지만 용돈도 챙기신 것 같았다.

공책 속에는 아버지와 함께 제주도에 다녀오시고 써 놓은 기행문도 있었다. 늘 바쁘게 일하는 모습만 보았는데 어머니는 언제 이런 글을 다 쓰셨을까, 제주도에서 본 그 많은 것 중 유채꽃이 제일 곱더라고 써 놓은 소박한 어머니 마음에 코끝이 찡했다.

그 내용을 읽고 또 읽으며 고단했던 어머니의 생활에 도움이 되지 못했던 딸이기에 울고 울었다. 새벽부터 저녁 늦게까지 일해 피곤하실 텐데도 늦은 밤 글을 쓰시던 어머니는 무슨 생각을 하셨을까. 혹시, 어머니 마음도 헤아리지 못하는 딸이 서운하다고 생각하지는 않으셨을지. 칠 남매나 되는 자식을 두셨지만, 어느 자식 하나 어머니 마음을 살피지 못했다고 생각하니 가슴이 무너지는 것 같았다.

공책을 한 장 더 넘기니 가수 전미경 씨가 부른 '장녹수'라는 노래 가사가 2절까지 적혀 있었다. 사는 동안 나는 어머니가 노래 부르는 것을 들어 본 적이 없다. 아니 콧노래를 흥얼거리신 적도 없었다. 그런 어머니가 노래 가사를 적어 놓으셨다니 보고 있으면서도 믿기지 않았다.

노래 가사를 읽어 내리는데 자꾸 눈앞이 뿌옇게 흐려진다. 마치, 어머니의 인생을 그려놓은 것처럼 절절한 노랫말에 손가락으로 밑줄을 그어본다. 어머니도 이 노래 가사가 당신의 삶과 닮았다고 생각했을까. 아니면 이 노래가 좋아서 적어 놓았을까. 도무지 어머니 마음을 헤아릴 수 없었지만, 어머니의 새로운 모습을 발견하게 된 것 같아 공책을 덮을 수가 없었다.

누구에게도 터놓고 하소연할 수 없었던 당신의 궁한 삶을 글로라도 풀어내려고 애쓰셨던 어머니, 그런 줄도 모르고 어머니 얼굴만 마주하면 밥 달라 돈 달라 투정만 부렸으니.

이제 와서 후회한들 무슨 소용 있으랴. 그 옛날 궁궐의 여인들처럼 아무리 고달프고 힘들어도 자식들 때문에 당신 생각은 하지 못하고 사셨던 어머니의 삶이 절절히 느껴져 눈물이 하염없이 흘렀다.

어머니의 인생을 생각하니 가슴이 저린다. 어머니는 평생 무슨 낙으로 사셨을까. 귀한 딸이라고 살뜰하게 챙겨주시면 나는 얌체처럼 받아먹으며 당연하다고만 생각했다. "밥 먹어라, 감기 조심해라"라는 소리를 잔소리처럼 여기며 늘 내 곁에 계실 줄만 알았다. 어머니도 언젠가는 홀연히 내 곁을 떠나신다는 것을 왜 모르고 살았을까.

어머니의 마음이 담겨있는 그 공책을 가슴에 안고 돌아왔다. 어머니를 만난 듯 가끔 꺼내 보려고 가져왔는데 그날 저녁 전화를 거신 아버지는 공책을 가져오라고 불호령을 내리셨다. 아버지도 나와 같은 생각을 하신 듯했다. 적적한 밤이면 아버지는 텅 빈 집에서 어머니 생각에 눈물지으시며 밤마다 읽어보던 공책이라고 하셨다.

아버지의 말씀을 듣고 나니 가슴이 철렁했다. 혼자 계시는 아버지가 아직도 어머니의 빈자리를 힘들어하신다는 생각에 자식의 도리를 못 하는 것 같아 죄스러웠다. 밤이면 가슴에 품고 계시던 어머니의 공책은 아버지가 어머니를 따라가신 후 큰오빠가 보관하고 있다.

어머니가 써 놓은 노랫말처럼 어렵고 힘들게 살면서도 마음대로 떠날 수도 없었던 어머니가 하늘나라에서는 좀 편안해지셨을까. 조금 더 일찍, 어머니가 살아계실 때 공책을 보았더라면 얼마나 좋았을까. 그랬다면 내가 어머니한테 글쓰기 편안한 새 공책을 선물해

드렸을 텐데. 아니, 공책을 함께 공유하며 어머니 삶을 조금이라도 더 즐겁게 해드렸을 텐데. 살갑게 딸 노릇 하지 못한 것이 더욱 후회스러웠다.

아버지의 의자

　대문 옆 작은 빈 의자가 혼자서 봄을 맞는다. 담 밑에는 냉이꽃과 꽃다지꽃이 두런두런 봄을 이야기하고 백목련이 하얗게 미소를 짓는다. 꽃샘 바람결에 삐거덕삐거덕 대문도 꽃 이야기에 대답하지만 퇴색한 작은 나무 의자만 혼자서 바람을 맞이하고 있다. 아버지는 새벽이면 기침 소리와 함께 의자에 앉았다가 해 질 녘이 되어서야 대문 안으로 들어오셨다. 쓸쓸한 빈 의자를 바라보니 아버지가 간절히 그리운 봄날이다.

　아버지는 밭에 나가시기 전 어스름한 여명 속 의자에서 하루의 일을 계획하신다. 그날은 거름을 펴고 이랑을 만들기로 하셨나 보다. 텃밭에 거름을 뿌리며 아침을 맞으셨다.

　거름을 펴고 다듬어진 넓은 밭에는 감자도 심고 상추며 아욱, 쑥갓 등 봄 채소 씨앗들을 심고 볏짚으로 정성껏 덮으셨다. 가뭄도 들지 않고 닭들과 새들이 씨앗을 찾아 먹지 못 하게 하려는 것이었다.

눈에 보일락 말락 작은 씨앗에서는 며칠이 지난 후 여린 새싹들이 올라왔다. 새싹들은 하트 모양의 떡잎을 흔들며 무뚝뚝한 아버지의 고운 사랑을 가족에게 전했다.

아버지는 해가 서산으로 얼굴을 감추면 대문 옆 의자에 앉아 장화 속 흙먼지를 털어내곤 했다. 종일 밭일로 지쳐서 쉴 만도 한데 아버지는 옷을 갈아입고 외출 준비를 하셨다. 밭에서 거둔 푸성귀며 먹을 것들을 챙긴 보따리를 들고 서둘러 읍내로 발길을 재촉했다. 객지에 있는 두 아들이 보고 싶어 청주행 막차를 타러 가는 것이다.

아버지는 청주에서 자취하고 있는 아들을 보러 갔다가 새벽이면 집으로 돌아오셨다. 아버지가 집을 비우는 그 시간에도 빈 의자는 하염없이 대문을 기웃거리며 이제나저제나 주인이 나오기만을 기다리고 있었다. 가끔 바람에 삐거덕거리는 소리에도 귀를 세웠다. 의자의 기특함을 알기 때문일까 새벽에 돌아오신 아버지는 여전히 의자에 앉아 하루를 시작하셨다. 그처럼 의자는 아버지의 분신 같은 물건이었다. 어떤 고민이나 많은 생각을 정리할 때, 북받치는 분노를 삭이실 때도 아버지는 의자에 앉아서 가만히 눈을 감고 있으며 마음의 평온을 찾았다.

우리 아버지는 참, 따뜻하고 다정한 분이셨다. 내가 어렸을 때는 남아선호사상이 심했던 시절이었지만 우리 집에서는 아들과 딸을 차별하지 않았다. 아버지는 오히려 딸에게는 물심부름도 시키지 않으셨다. 딸은 시집가 남의 집, 사람이 되면 평생 손에 물 묻히고 살게 된다며 결혼하기 전에는 편하게 살라고 하셨다. 우리 가족이 먼저 사랑해야 다른 사람들도 사랑하고 존중한다고 말씀하셨다.

어린 마음에도 딸을 사랑하는 아버지의 마음을 느꼈었는데 정작 나는 아버지한테 아무것도 해드린 것이 없는 것 같아 마음이 아프다. 어쩌면 늘 함께 있어 아버지의 속 내를 다 알고 있는 의자보다도 못한 딸이었던 것 같아 부끄럽다.

아버지의 의자는 그리운 기다림의 의자이기도 했다. 아버지는 객지에 있는 자식들이 보고 싶을 때도 그 의자에 앉아 먼 동구 밖을 바라보며 기다리셨다. 아버지는 몸이 불편하실 때도 의자에 몸을 의지하고 지내셨다. 노환으로 건강이 안 좋아지셨을 때는 더욱더 의자에 몸을 지탱하는 시간이 길었던 것도 같다.

늦은 봄, 유난히 바람이 심하게 불었다. 세찬 바람이 교대로 빈 의자의 주인이 되었다가 돌담을 넘어갔다. 아버지는 행여 강한 바람에 의자가 망가지지 않을까 노심초사하시는 듯했다. 아버지는 당신 몸처럼 그렇게 애지중지 아끼던 의자를 어떻게 놓으셨을까.

올해는 꽃이 십여 일이나 일찍 피었다. 벚꽃이 피었다가 지고 나니 차례로 영산홍과 철쭉이 찾아오고 요즘은 길가에 이팝나무꽃도 흐드러지게 웃는다. 몽글몽글 봄꽃이 피어나니 의자에 앉아 한 해 일을 시작하시던 아버지의 모습이 더욱 생생하게 떠올라 목이 멘다. 아마, 올해 아버지가 계셨더라면 비도 많이 오고 꽃과 농작물이 냉해라도 입을까 의자에 앉아 걱정하는 날이 많으셨을 것 같다.

좋은 일이 있어도 안 좋은 일이 생겨도 빛바랜 의자에서 우리를 반갑게 맞아주시던 아버지. 항상 바른길로 인도하시던 아버지의 기침 소리가 따스한 봄바람을 타고 들리는 것만 같았다.

아버지는 지금 고향의 뒷산 언덕에 계신다. 의자에 앉아 우리를 기다렸듯이 그곳에서도 늘 우리를 기다리고 계신다. 아버지는 아직도 자식들 걱정을 하고 계실까. 하루하루 당신의 나이에 가까워지는 딸이 아직도 못 미더우실까.

한식을 맞아 아버지를 뵈러 왔다. 혹시 의자에 앉아 까무룩 잠이 드셨을지도 모를 아버지를 향해 나는 일부러 큰소리로 아버지를 불러보았다.

"아버지, 목소리까지 아버지를 닮은 딸이 왔습니다."

아버지는 혼유석 앞에 앉아있는 딸은 안중에도 없는 듯 아무런 대답도 없으셨다. 멍하니 보라색 제비꽃이 핀 봉분만 바라보다가 잔디에 얼굴을 묻어본다. 울컥 느꺼워지는 마음을 누르고 다시 한 번 봉분을 쓰다듬어본다. 살며시 기댄 등 뒤로 잔디의 까슬까슬함이 아버지의 거친 손길처럼 느껴지며 아버지가 많이 보고 싶었다. 의자에 앉아 편안한 모습으로 끄덕끄덕 졸고 계시던 아버지의 모습이 흰 구름 사이로 희미하게 보인다. 텅 빈 내 가슴의 아버지 생각은 무엇으로 채울 수 있을까. 삐걱삐걱 의자의 흔들림 소리가 들리는 듯 구구구 산비둘기 울음소리가 화음을 맞춘다.

어머니와 열무

봄이라 열무김치를 담글 요량으로 열무 한 단을 샀다. 재래시장의 인심 좋은 할머니는 열무 단을 크게 묶어 양도 제법 많았다. 줄기가 통통하고 잎이 무성한 열무를 사면서 친정어머니가 생각나 코끝이 찡했다.

친정어머니도 재래시장 구석에 앉아 열무와 콩나물을 팔았었다. 어머니는 다른 사람들보다 더 넉넉하게 담아주어 단골손님이 생길 만큼 장사가 잘됐다. 한 번은 학교에서 만난 학부모가 어머니를 알아보는 바람에 난감한 적도 있었다.

"아이고 열무 아주머니가 여기는 웬일이세요?" 그분은 아무렇지도 않게 한 말이지만 어머니 가슴에 비수처럼 꽂힌 말이다.

시장에서 열무나 파는 아주머니가 학교에는 어쩐 일이냐고 의아해서 물었을 것이다.

어머니는 딸에게 누가 될까 봐 당황하신 듯 얼른 대답하지 못

하셨다. 하지만 나는 부끄럽거나 창피하지 않았다. 오히려 열무를 팔아 자식들을 키워낸 어머니의 검게 그을린 거친 손이 자랑스러웠다.

재래시장에 가면 수많은 아픔을 가슴에 간직하고 사셨던 어머니가 떠오른다. 지금은 시장 거리만 남아있는 남주동 시장, 그곳에서 어머니는 좌판도 없이 열무 몇 단을 길거리에 펼쳐놓고 파셨다. 집에서는 옹기 시루에 직접 키운 콩나물과 밤새 불린 콩을 맷돌에 갈아 두부를 만들어 팔았다.

오래전 빚잔치를 하고 청주로 이사를 나온 후 할머니까지 일곱 식구의 생계를 꾸리신 것은 어머니였다. 어머니는 열 명이 넘는 학생들 하숙을 치르면서도 밤을 새워 두부를 만들고 콩나물을 길러 팔았다. 어머니의 정성과 사랑이 들어간 노랗고 통통한 콩나물과 야들야들한 두부는 아는 사람만 사서 먹는 안전하고 맛있는 먹을거리라 금방 팔려나갔다.

그것만으로는 하숙생을 위한 반찬값도 부족한 터라 봄부터 가을까지는 앞마당에서 열무를 길러 틈틈이 시장으로 들고 나가셨다. 누구한테 아쉬운 소리 한번 해본 적이 없던 어머니가 시장 바닥에서 열무를 판다는 것은 고개를 들 수 없을 만큼 부끄러운 일이었지만, 학교에 가면서 돈 달라고 손 내미는 자식들 때문에 하나도 창피하지 않았다고 하셨다. 자식을 위한 일이라면 도둑질 빼고는 무엇이든 다 할 수 있다고 어머니는 입버릇처럼 말씀하셨었다.

어머니는 쉽게 빨리 팔고 돌아오려고 열무 단을 다른 사람들보다 조금 크게 만들라치면 아버지는 손해 본다고 화를 내셨다. 아버지는 열무를 팔기는커녕 시장 근처에는 가지도 못하는 분이셨다. 어머니는 아버지의 지청구 소리가 듣기 싫어 아버지의 마음에 들게 열무 단을 만들어 이고 장사를 나가신 곳이 남주동 채소전이었다. 열무를 얼른 팔고 돌아와야, 하숙생들과 가족을 위해 저녁을 준비할 텐데 때론 늦게까지 팔리지 않을 때도 있었다.

나는 학교 수업이 끝나고 집에 오는 길엔 늘 저녁 장을 보러 나온 사람들로 북적대는 시장으로 해서 왔다. 어머니가 그때까지 시장 어귀에 열무 몇 단을 놓고 계실 것 같아서였다.

낮이 점점 길어지는 어느 봄날 흙 묻은 고무다라를 머리에 이고 걸음을 재촉하시는 어머니의 뒷모습을 보았다. 많은 사람들 틈에서도 왜소한 체구에 흰 수건을 머리에 쓴 어머니를 한눈에 알아보았다. 하얀 교복에 갈래머리를 땋은 나는 쫓아가서 어머니 머리 위에 얹힌 고무다라를 번쩍 들어 머리에 이고 책가방을 한 손에 들고 앞서갔다. 어머니는 어서 내려놓으라고 뒤따라오며 만류하셨다. 나는 추레한 옷과 울퉁불퉁한 손마디에 흙이 묻은 어머니가 하나도 부끄럽지 않았다. 어머니의 거칠고 투박한 손은 자식들을 위하여 애쓰시다 얻은 훈장처럼 느껴졌다.

그때 교복이 더러워진다고 내려놓으라며 쫓아오시던 어머니 목소리가 아직도 귓가에 맴돌아 가슴이 찡하다. 당시, 지나가는 사람들은 나를 힘드신 할머니를 도와드리는 착한 학생으로만 생각하는 것 같았다.

왜 그러셨는지, 어머니는 길에서 당신을 만나면 모른척하라고 몇 번이고 당부하셨다. 행여 딸이 친구들에게 창피라도 당할까 봐 어머니가 먼저 모른척하신 적이 한두 번이 아니었단다. 하나, 나는 어머니와 생각이 달랐다. 자식을 위하여 체면까지 버리신 어머니께 어찌 그렇게 할 수 있단 말인가. 어머니가 열무 다라를 이고 다니며 장사를 하시는데 어머니가 왜 부끄럽고 어머니가 하시는 그 일을 내가 왜 할 수 없단 말인가. 나는 어머니께 힘이 될 수 있다면 어머니가 하시는 일은 무엇이든 다 할 수 있다고 생각했다.

같은 여자로서 어머니를 생각하면 눈앞이 뿌옇게 흐려진다. 어머니는 양반집 막내딸로 태어나 부모님 사랑을 독차지하며 귀하게 컸을 텐데 결혼 생활은 팍팍하기만 했다. 시어머니에 시동생까지 칠남매나 되는 자식들 먹이고 입히느라 당신 몸엔 늘 찬바람이 일었다. 한겨울 세찬 바람을 받으며 장사하느라 골병이 든 무릎에서는 때때로 바람 소리가 나는 듯했다.

자식을 낳아 키워보니 사람들 많은 곳에서는 늘 주눅 들어 계셨던 어머니의 모습이 떠올라 가슴이 미어진다. 고명딸이라고 귀하게 키워주셨지만, 어머니께 제대로 된 옷 한 벌도 해드리지 못한 것 같아 늘 마음에 걸린다.

어머니가 그립고 보고 싶은 날은 옛날 남주동 시장 거리로 나선다. 거리는 변함없이 그대로인데 옛날 시장의 모습은 보이지 않는다. 열무 단을 늘어놓고 수줍게 앉아계시던 내 어머니의 모습도 찾을 수가 없다. 늘 어머니가 계시던 곳은 떡집 앞이었는데 그 떡

집도 없어지고 새 거물이 우뚝 서 있다. 그곳에 줄지어 앉아 갖가지 반찬거리를 팔던 할머니들의 환한 미소의 모습도 없다. 우두커니 서 있으려니 할머니들 얼굴만 차례차례 파노라마 되어 허공으로 스쳐 지나간다. 그때의 곤궁했던 삶은 보이지 않고 그저 하얀 추억일 뿐이다.

"골라 골라 두 장에 만 원 두 장에 만 원."

귀에 익숙한 소리에 고개를 드니 어느새 육거리시장이다. 복작복작한 재래시장에 서면 살아있다는 생동감으로 삶의 의욕이 느껴진다. 시장의 긴 터널을 빠져나와 할머니들이 자리를 편 난전으로 갔다. 그곳에서 어머니를 그리며 콩나물도 한 줌 사고 향이 진한 냉이도 샀다. 좌판을 펴놓은 할머니는 애써 캐온 냉이를 덤으로 더 주신다고 한다. 나는 어머니 생각이 나서 선뜻 받아오질 못했다. 어머니가 시장에서 채소 장사를 하셨던 탓에 지금까지 시장에서 한 번도 깎아 달라고 조금만 더 달라고 해본 적이 없다. 늘 주는 대로 비싸면 비싼 대로 샀다. 고생하시던 내 어머니 때문에 서러워서다.

재래시장에는 어머니가 장사하시던 곳이라 그런지 언제 가도 정겹고 마음이 푸근하다. 열무 단을 쌓아놓고 어둑살이 내려앉은 시장 바닥에 앉아계시던 내 어머니가 눈물겹게 그립다.

아버지의 향기

어둠이 가득한 현관문을 열고 들어서니 집안에 은은한 향기가 가득 차 있다. 어디서 나는 향기일까. 향기가 나는 곳을 찾아 거실과 방, 서재까지 집안을 한 바퀴 돌아 보며 찾았다.

베란다 문을 여니 서늘한 바람을 타고 향기들이 거실 안으로 몰려 들어왔다. 구름을 막 벗어난 달빛 속에 연둣빛 작은 꽃송이들이 보였다. 마치 요정들의 나팔처럼 생긴 야래향 꽃이 함빡 핀 것이다. 나팔 모양의 작은 꽃송이에서는 아름다운 소리처럼 향기를 뿜어내고 있었다. 저 여리디여린 꽃송이에서 어떻게 이런 향기를 쏟아낼 수 있을까. 향기에 마음이 정화되는 느낌이었다.

지금 꽃을 피우고 있는 야래향은 몇 년 전 아버지 제사를 지내고 돌아올 때 큰오빠가 분을 나누어 동생들에게 주었던 것이다. 오빠는 꽃향기가 참 감미롭다고 했다. 그렇게 받아온 야래향은 매년 아버지 제사를 전후하여 꽃을 피운다. 제사를 모시고 집으로 와 거실에 들어서면 캄캄한 어둠과 찬바람이 가득한 공간은 더 큰 그리움과 슬픔을 느끼게 했다. 언제부턴가 그 어둠을 밀치고 달달한 야래향 꽃의 향기가 순간을 위로해 주었다. 아버지께서 우리에게 조건 없이 나누어주셨던 사랑처럼 그리움에 대한 슬픔을 위로해 주는 향기가 되었다.

야래향 꽃이 밤새 향기를 뿜어내다가 아침이 되면 꽃잎을 닫아 가슴에 안고 있는 것처럼 아버지의 자식 사랑이 그랬다. 때론 엄하게 꾸짖으시다가도 무한정 부드러운 마음으로 우리를 예뻐해 주셨다. 야래향의 달콤하고 진한 향이 거실을 돌아다닐 땐 아버지의 부드러운 손길이 머리를 쓰다듬는 듯하여 향기가 드나드는 문 쪽으로 머리를 두고 누웠다.

아버지는 천상의 소풍을 떠나시기 열흘 전쯤 안개가 자욱한 일요일 새벽 우리 집을 찾아오셨다. 늘 오시던 집을 찾지 못해 이른 아침 이 집 저 집 벨을 누르며 다니다가 아파트 경비원의 도움을 받아서 겨우 찾아오셨다. 어머니와 함께하시지 않으면 대문 밖을 나서지 않으셨었는데 우리 집을 찾지 못하신 아버지를 보면서 하늘에 계신 어머니는 어떻게 생각하셨을까 눈물이 핑 돌았다. 어머니도 눈물을 흘리지 않으셨을까, 어머니가 돌아가시고 칠 개월간 곡기를 끊으신 아버지는 평소 좋아하셨던 술과 함께 어머니 영정사진만 보며 지내셨다. 날로 쇠잔해지는 아버지가 안타까웠지만 너무나 완강하여 병원에 모시고 가는 것은 꿈도 꾸지 못했다.

서둘러 아침 밥상을 차렸다. 아버지와 함께 밥상에 둘러앉았던 것이 얼마 만인지 기억도 나지 않았다. 어머니가 돌아가시고 처음인가 보다. 그렇게 아무것도 잡수시지 않더니 시금치 된장국이 맛있다고 하며 밥 한 그릇을 뚝딱 비우고 급하게 일어서셨다. 가신단다. 모셔다드린다고 했지만 뿌리치고 가셨다. 그 길이 딸네 집에 마지막으로 오셨던 것이었다. 아침 햇살이 퍼지면 사라지는 야래향 향기처럼 꿈인 듯 마지막 다녀가신 것이었다.

아버지는 어머니가 돌아가셨을 때 유품 정리도 하지 못 하게 하셨다. 한 달이 넘던 어느 일요일 새벽, 어머니 물건을 정리하려고 갔다. 어쩌면 어머니는 가실 것을 예상이라도 하신 걸까? 6단 서랍장을 열었을 때는 왈칵 눈물이 쏟아졌다. 한복만 입으시는 아버지를 위해 곱게 다듬어 꿰맨 한복을 계절별로 차곡차곡 정리해 놓으셨었다. 어머니의 아버지에 대한 사랑과 배려는 무엇으로도 표현할 수가 없었다. 아버지는 그렇게 꿰매놓은 한복을 계절이 두 번 바뀌도록 한 벌도 입지 않으셨다. 어머니의 정을 녹여 한땀 한땀 꿰맨 옷이 아까워 입지 못했던 것이었다.

어디 그뿐이랴. 담금주를 좋아하시는 아버지를 위해 모과, 포도, 탱자 등 과일을 넣어 담아 놓은 유리 단지는 몇 개이던지. 아버지는 그것을 문갑 위에 올려놓고 보면서 생 소주를 잡수셨다. 아무리 좋아하시는 술이지만 어머니의 정성과 사랑이 담긴 술이 줄어드는 것이 아까우셨는지 보기만 하시더니 모든 것을 내려놓고 서둘러 어머니 곁으로 가셨다.

아버지는 어머니가 돌아가신 후에야 야래향의 전설 같은 사랑을 하신 것 같았다. 서랍장에 들어있는 옷들과 담금주들을 어머니의 향기처럼 생각하고 밤낮 그 항아리들을 보며 어머니의 정에 묻혀 칠 개월을 보내신 것은 아닌지 모르겠다.

 매년 아버지 제사를 모시고 집으로 오면 집안의 어둠 속에 가득한 야래향 향기가 나를 위로해 주는 것 같았다. 나는 아버지 제사쯤에 피어나 내 마음을 위로하는 야래향 향기는 나를 예뻐해 주셨던 아버지의 손길이라고 생각하기로 했다. 표현이 늘 부족했던 시골 농부였지만 아버지는 큰 가슴으로 어머니를 사랑하셨고 우리를 보듬어 안아 주셨다. 그런 아버지의 향기는 꽃 향보다 더 달달하고 향긋하며 푸근하기 그지없었다. 해 질 녘 이마의 땀을 훔치며 지게를 내려놓는 땀내 나는 아버지의 체취를 느껴보고 싶은 날이다. 아니 야래향의 진한 향기에 사무치게 아버지가 그립고 보고 싶었다. 어머니와 두 분이 찍은 사진을 가슴에 안고 꺼이꺼이 울었다. 야래향 향기는 여전히 나를 감싸고 있었다. 아버지의 부드럽고 달달한 사랑처럼.

어머니의 봄 그날

　모래재 언덕이 붉게 물들었다. 어머니가 가시던 그날처럼 진달래가 만개했다. 유난히 화창했던 봄날, 어머니는 이승의 소풍을 마치고 사랑하는 아버지와 자식들의 손을 놓고 진달래꽃이 아름다웠던 모래재를 넘어 고향으로 가셨다. 어릴 적 밭에 가신 어머니를 어둠이 내릴 때까지 기다렸듯이 기다려도 기다려도 다시 돌아오지 않으셨다. 유독 어머니께 의지하셨던 아버지를 어찌 두고 가셨는지, 어떻게 눈을 감고 손을 놓으셨을까 가슴이 아리다.

　어머니가 떠나신 뒤 다시는 봄이 오지 않을 것 같았지만 매년 봄은 잊지 않고 돌아오고 진달래는 곱게 피었다. 그때부터 나의 가슴앓이는 시작되었다. 말로는 표현할 수 없는 어머니에 대한 그리움에 울보가 되고 말았다. 예쁜 꽃도 슬퍼 보이고 좋은 음식도 목이 메어 먹을 수가 없었다. 하루가 지나 한 달이 되고 한 달이 지나 일 년이 넘고 몇 년 더 지나고 나니 그렇게 아팠던 그리움은 차츰 옅어져 갔다.

언제부턴가는 어머니의 이야기를 추억처럼 웃으며 하다가 울기도 한다. 그리움과 슬픔은 시간이 지날수록 희미해지다가 소나기처럼 갑자기 가슴을 헤집고 꾸역꾸역 나오기도 하여 가슴이 아팠다.

어머니 돌아가신 지, 팔 년이 되었다. 친정에 놀러 온 딸이 외할머니 성묘하러 가자고 했다. 손주들을 앞세우고 고향으로 향했다. 눈물 어린 눈에 정겨운 풍경들이 들어왔다. 아버지와 어머니가 계신 산소가 가까워졌다는 것이다. 산소에는 처음 와보는 외손주들이 넙죽넙죽 절을 잘했다. 혼유석 앞에 앉으니 어머니 생각이 연기처럼 피어올랐다.

어머니는 돌아가시기 1년 전 중환자실에서 사경을 헤매고 계셨었다. 폐에 70% 이상 물이 차서 자가 호흡이 불가능했었다. 우리 형제들은 아침, 저녁 면회 시간만 눈물로 기다리며 애달파했다. 짧은 면회 시간이 끝나고 나면 의사는 저녁을 넘기기 힘들다고 하며 보호자 대기실에서 대기하고 있으라는 말을 여러 차례 했다. 그때마다 가슴을 졸이며 초조하게 밤을 보냈다. 면회 시간은 면회가 아니었다. 그냥 얼굴만 보며 울기만 했다. 우리 형제들은 서서히 마음의 준비를 하며 기다리고만 있었다.

바람 앞의 등잔불 같은 시간을 보내던 어느 날 어머니는 혼수상태에서 극적으로 깨나셨다. 기적이었다. 깨어나신 어머니는 살아야겠다는 의지가 대단하셨다. 우린 짧은 면회 시간에도 어머니와의 좋은 추억을 필담으로 이야기하며 힘이 되어드렸다. 어머니는 조금씩 기력을 찾아가고 있었다.

어머니는 목에 삽입된 2개의 관 때문에 말도 못 하시고 음식도 잡수시지 못했다. 얼마나 답답하고 아팠을까, 삽입된 관은 매일 새벽 꺼내어 깨끗하게 씻고 소독하여 다시 넣는 작업이 반복되었다. 어머니는 그때가 가장 고통스럽다고 하셨다.

말씀을 못 하시는 어머니는 종이에 '집에 가고 싶다'라고 써서 내미셨다. 목에 삽입한 관을 빼는 방법이 그것뿐이라고 생각하셨나 보다. 집에 가서 하루라도 아버지와 함께 지내다가 죽고 싶다고 하셨다. 갑자기 살아야겠다는 마음이 조금도 없으신 것 같았다. 그날 저녁 면회를 마친 우리 형제들은 약속이라도 한 듯 각자가 눈물로 어머니께 편지를 썼다. 다음 날 아침 면회 시간에는 모두 편지를 들고 병원으로 왔다. 아들들도 딸도 사위도 손자 손녀들까지 모두 말이다.

편지를 읽으신 어머니는 저녁 면회 시간에 다른 사람처럼 변해 있었다. 목에 삽입된 관이 아프고 힘들어도 다시 살아야겠다는 결심이 서신 것 같았다. 너무 기뻤다. 자손들이 써 온 편지를 중환자실 간호사들에게 모두 자랑했단다. 어머니의 병세는 그날 이후 하루가 다르게 좋아지셨다. 일반병실로 옮기셨다가 한 달 후에는 퇴원하셨다. 퇴원하시자마자 정상적으로 생활하며 직접 살림도 다시 하시게 되었다. 정말 신기할 정도였다. 그저 감사할 뿐이었다.

우린 자주 찾아뵈며 맛있는 것도 사드리고 나들이도 했다. 그렇게 1년이 지나 꽃이 지천으로 피었던 그 봄이 다 가기 전 어머니는 사랑하는 아버지의 배웅을 받으며 천국으로 가셨다. 우리 칠 남매는 아무도 임종하지 못했다. 어떻게 그러실 수가 있을까 자신처럼 사랑했던 자식들에게는 이별의 인사마저 할 기회를 주시지 않으셨다. 중환자실에서 퇴원하시던 날은 우리 곁에 오래오래 더 계실 줄 알았는데 겨우 일 년 후 허망하게 가셨다.

어머니가 중환자실에서 사경을 헤매셨을 때도 봄이었고 8년 전 어머니가 돌아가신 그날도 봄이었다. 어머니가 가신 봄, 그날은 그렇게 가슴이 아프고 슬퍼서 앞산 메아리가 함께 울도록 목 놓아 울었는데, 오늘은 손주들과 함께 혼유석 앞에서 재롱을 부리고 있다. 아버지, 어머니가 보시고 뭐라고 하셨을까. 언제나 우리의 울타리였던 부모님, 시간이 갈수록 잘못한 일만 생각이 나는 까닭은 무엇일까 가슴이 아렸지만 목메게 치밀었던 슬픔까지 잊게 해주는 손주들이 있어 행복했다.

또, 어머니와 멀어진다. 진달래꽃과 살구꽃이 흐드러지게 핀 고향도 저 멀리 물러서서 손을 흔들었다. 우리는 어머니가 가시던 그날처럼 아름다운 꽃길을 달려 집으로 가는데 내 아버지와 어머니도 다시 돌아오실 수 있었으면 얼마나 좋을까 하고 생각해보았다.

"어머니, 언제 오실 거예요? 어머니가 오신다면 맛있게 잡수셨던 김치 콩나물죽 끓여 놓고 기다릴게요." 어머니가 병원에 계실 때 김치 콩나물죽이 먹고 싶다고 걸어왔던 전화기 너머 어머니 목소리가 아직도 귀에 쟁쟁하다.

그리운 시부모님

　부모 자식의 연은 어떻게 맺어졌을까 언젠가 책에서 읽었던 기억
이 난다. '이승의 부모 자식 관계는 저승에서는 서로 빚을 진 빚쟁
이 관계였다.'라고 표현했던데 정말 그럴까. 그래서 죽는 날까지 자
식의 안위를 위하여 눈물짓는 것일까.

　자석에 끌리듯 차에 올라 음성을 향하여 달려가고 있다. 초록의
푸르름이 어느새 황금빛으로 변해가는 벼들은 알알이 영글어 무거
운 듯 고개를 숙이고 일렁인다. 마치 농부의 사랑과 보살핌에 감사
하는 듯했다.

　나는 시부모님 얼굴을 한 번도 뵌 적이 없다. 시부모님의 이야기
를 들은 것도 없었다. 가진 것 없고 일찍 부모님이 돌아가셔서 가
슴에 상처뿐인 남편의 마음을 이해하며 시부모님을 상상만 했었다.
남편은 가슴에 큰 슬픔이 된 부모님에 관하여 이야기하는 것을 금
기시하고 있는 듯했다. 나는 더욱 마음으로 가슴으로 시부모님을

그리워하게 되었다. 사랑하는 남편을 낳아주신 분들이기에 이유 없이 그냥 그립고 뵙고 싶더니 뵐 수도 없는 시부모님을 마음속으로 사랑하게 되었다. 그래서일까 얼굴도 볼 수 없는 산소에만 가도 마음이 편안했다.

무엇인가 정리가 필요한 일이 생기면 버릇처럼 산소엘 갔었다. 난 무거운 마음으로 시부모님을 뵈러 가는 중이다. 죄송하여 머리가 벼 이삭처럼 숙어졌다. 사십 년을 오고 갔던 곳, 딸과 아들이 어렸을 때 손을 잡고 찾아오던 곳으로 힘든 일이 있을 때마다 마음을 잡아주었던 안식처였다. 주차장 옆의 산 저쪽 자락에 시아버님도 시어머님도 시할머니도 계신다. 이슬이 채 마르지 않은 밭둑길을 무겁게 걷다 보니 맑은 이슬방울이 운동화 위에 올라앉는다. 이슬방울에 운동화가 젖어 양말 속으로 스며들었다. 누군가 이야기한 천국으로 가는 길처럼 작은 가을꽃들이 환하게 반겼다.

숲이 우거졌어도 눈에 익숙한 산소로 오르는 오솔길에 도착했다. 오솔길 입구에 종조부를 대신하여 서 있는 소나무가 언제나처럼 우리를 반겨 주었다. 불과 몇 년 전까지만 해도 다니는 사람들이 있어 제법 손질된 오솔길이었는데 지금은 우거진 숲이 되었다. 다니는 사람이 없으니 잡목과 풀이 우거지고 청설모만 까만 눈을 반짝이며 먹이 활동에 바쁘다. 지난번 벌초할 때 길을 냈었는데도 또 우거져 올라가기가 불편했다. 발목을 간지럽히며 무릎으로 올라오는 잡초가 원망스러웠다.

누구도 나를 이해하지 못하리라 생각한다. 얼굴도 뵙지 못한 시부모님에 대한 마음도 과하다고 생각할 수 있지만, 남편의 모든 것을 사랑하고 가슴에 맺힌 한을 풀어주는 것은 돌아가셨지만 시부모님께 잘하는 것밖에 없다고 생각했다. 그래서 가끔은 시부모님이 그립고 뵙고 싶은가 보다. 남편도 가슴에 자리했던 말할 수 없었던 큰 슬픔의 응어리가 점점 풀리기 시작했다. 자식 낳아 기르며 때론 껄껄껄 웃기도 했다. 정말 긴 시간을 돌아 캄캄한 터널을 빠져나온 것 같았다.

앞산이 훤히 보이는 자리였는데 산소 앞의 아기 나무가 쑥쑥 자라 숲을 만들어 하늘만 동그랗게 보였다. 세월의 흐름이지만 내가 무기력해서 그렇게 된 것처럼 생각돼 속상했다.

햇살 따라 산소를 찬찬히 보았다. 살아있는 사람만 나이를 먹는 것이 아니구나, 산소도 나이를 먹고 늙어가고 있었다. 내 나이 서른 살 때는 산소의 잔디도 잘 자라고 잡초가 우거졌었는데 예순이 넘은 지금 와서 보니 산소 봉분 위의 잔디가 많이 죽어 흙이 흘러내리고 내려앉는 것이 보였다. 부모님 얼굴의 주름살처럼 산소도 나이를 먹고 늙어가는 것 같았다.

부모님은 저승에서도 자식들 걱정하시며 다시 노년을 맞으시나 보다. 그동안 제대로 보살피지 못한 것이 안타까웠다. 추석날 차례상과 기일에 제사상도 올리지 못한 불효한 마음에 어찌할 바를 모르겠다. 내 마음이 가식이라고 생각해도 좋다. 나의 시부모님에 관한 생각은 그러니까.

시아버님은 추석 전 소천한 남편의 외사촌 동생을 만나셨을까.

이제 겨우 예순을 넘긴 남편의 외사촌 동생은 가족의 가슴에 애통한 사랑과 아쉬움만 남기고 먼저 천상의 소풍을 떠났다. 시어머니 돌아가신 지 얼마 되지 않았는데 남편까지 보낸 동서는 실신한 듯 웅크리고 앉아 영정사진만 응시하고 있었다. 그 가슴을 무슨 말로 위로할 수 있단 말인가. 아무 말도 하지 못하고 눈으로 보기만 했다. 외사촌 동서는 손으로 만지기만 해도 온몸에서 슬픔의 눈물이 뿜어져 나올 것 같았다. 집안에 우환이 있고 초상을 치른 후에는 차례도 지내지 못하고 제사도 지내지 못한다고 했다. 핑계 같은 유교의 속설 때문에 추석도 쇠지 못하고 제사도 지내지 못했다. 나는 육체적으로는 편하고 좋았지만, 마음은 불안하고 죄책감에 잠도 오지 않았다.

사십 년 제사를 지내오면서 항상 부족하다고 생각하며 스스로 며느리의 역할을 제대로 하지 못했다고 자책했었다. 그런 나에게 못했다고 말한 사람은 아무도 없다. 오히려 칭찬만 들었는데 산소 앞에 앉아있으려니 바람이 스칠 때도 구름이 지날 때도 죄송함뿐이다. 흘러내린 흙을 끌어 올려 다독이며 가슴이 답답했다.

다른 사람들이 생각하면 한 번도 뵙지 못한 시부모님한테 어떻게 이런 마음이 들까, 어쩌면 가식이라고 생각할 수도 있겠지만 나는 정말 남편을 생각하고 시부모님만 생각하면 가슴이 먹먹해지고 눈물이 앞을 가린다. 너무나도 보고 싶은 시부모님이시다.

가침박달나무꽃

누군가 4월은 잔인한 달이라고 말했다. 어머니가 하늘나라의 별이 되신 날도 4월이다. 4월이 내겐 더욱 잔인하고 슬픈 달이 되었다. 마음을 잡지 못하고 방황하다가 그해에 처음 가침박달나무꽃을 만났다.

가침박달나무꽃이 핀 범박골 번들에는 한겨울 흰 눈이 쌓인 듯, 고향 집 앞마당 빨랫줄에 널린 하얀 이불 홑청처럼 그저 하얗기만 했다.

하얀 수건을 쓰고 쌀풀 냄새 풍기며 서걱서걱 소리를 내는 앞치마를 입은 어머니처럼 화려함도 없이 나를 안아 주는 것 같았다. 화장사로 가는 언덕길을 천천히 걷는다. 입구에서부터 온통 순백으로 어머니의 하얀 앞치마가 널려 있는 듯 황홀했다. 온 세상이 다 환해 보였다.

대웅전 앞마당에 도착했다. 절 마당 텃밭에 스님이 혼자 앉아 고추 모종과 가지 모종을 심고 있었다. 밀짚모자 밑으로 보이는 스님의 뽀얀 얼굴에는 가침박달꽃 같은 미소가 연신 보인다. 오늘보다 미래를 더 생각하는 자비의 미소 같았다. 내 어머니도 그러셨다. 몸이 부서져라. 힘들게 일을 하셔도 자식들 입히고 먹일 것을 생각하면 언제나 행복하다고 했다. 고추 모종을 웃으며 심던 스님의 모습에서 그리운 어머니 모습을 보았다.

어머니를 생각하면 늘 하얀 광목 앞치마를 입고 부엌에 계신 모습과 흰 수건을 쓰고 붉은 고추가 주렁주렁 달린 고추밭에서 고추를 따시던 모습이 떠오른다. 천 평이 넘는 밭에 가득한 고추를 키우시느라 발에 무좀이 생겼을 정도였다. 밭에 풀을 뽑고 소독하고 발에 물이 마를 날이 없었다. 결국 어머니의 발은 모두 헤져서 퉁퉁 부어올라 신도 신지 못하고 제대로 걷지도 못하셨지만 그해 여름이 끝날 때까지 고추밭 일을 하고 또 했다.

잠시 발걸음을 멈추고 스님을 올려다보았다. 뽀얀 스님의 피부는 가침박달꽃을 똑 닮았었다. 그저 순수하고 깨끗해 보였다. 마지막 가지 모종까지 심고 힘겹게 일어서는 스님은 힘들어 보였지만, 얼굴의 환한 미소는 잃지 않고 있었다. 스님의 행복한 얼굴을 보면서 아무리 힘들고 바쁘셔도 책만 손에 들고 있으면 심부름도 시키지 않으셨던 어머니 얼굴이 환하게 다가왔다. 나 같이 땅 두더지처럼 힘들게 일하는 사람 말고 조금 더 편안한 일을 하면서 살았으면 좋겠다고 공부나 열심히 하라고 하시던 그 어머니가 깨끗한 깨침꽃 위에서 나를 보고 계신 듯했다.

걸음을 옮길 때마다 가침박달꽃의 은은한 향기가 코끝에 와 닿았다. 흰 광목 앞치마에 손을 닦으며 부엌에서 나오시는 내 어머니의 가슴에서 나는 젖 냄새와 밥 냄새 같았다. 나는 어머니가 분 바르는 모습을 한 번도 본 적이 없다. 그저 여인들에게서 흔하게 나는 화장품 냄새가 아닌 우리 어머니만의 향기로 무엇으로도 표현할 수는 없지만, 엄마 냄새는 참 좋았다. 가침박달나무꽃의 향기가 그랬다. 크게 자극적이지 않고 진하지도 않으며 바람결에 살짝살짝 느껴지는 향내였다.

초록 숲에서 일어나는 잔잔한 바람에 일렁이는 가침박달나무꽃은 흰 앞치마를 벗지도 못하고 광주리에 들밥을 이고 논둑길을 부지런히 걷는 어머니의 치맛자락이 나풀대는 것 같았다. 흰 수건을 머리에 쓴 어머니의 모습처럼도 보였다.

난 가침박달꽃을 보면서 어머니를 생각했다. 집안일과 밭일이 아무리 고달프고 힘드셔도 우리만 보면 웃음을 잃지 않으셨다. 바람에 나풀대는 꽃은 어머니의 미소처럼 느껴졌다. 가침박달나무꽃은 어머니가 돌아가시고 슬픔에 빠져있을 때 향기로 나를 안아 주고 위로해 준 꽃이었다. 그 깨침꽃이 어머니의 깊은 사랑을 다시 한번 깨우쳐준 것은 아닐까 하는 생각이 들었다. 가침박달꽃은 봄의 경지를 깨닫고 불교의 최고경지인 깨달음을 상징하는 것처럼 어머니의 깊은 사랑이 더 크게 느껴졌다. 어머니의 영원한 사랑과 형제간 우애를 잊지 말라고 이야기하는 것은 아니었을까.

어머니가 보고 싶고 그리울 때는 나도 모르게 발걸음이 화장사의 언덕을 오르고 있었다. 꽃잎처럼 하얀 앞치마를 입은 어머니를 생각하고 물을 길어 올리는 나비 떼 같은 가침박달나무의 꽃을 생각하며 하얀 꽃과 향기가 춤추는 하늘을 올려다보았다.

수술하던 날

아직 어둠이 가시려면 멀었는데 간호사가 잠을 깨운다. 겨우 눈을 뜬 남편의 혈압과 체온을 체크하고 수액을 교체한다. 간밤에는 남편의 작은 움직임에도 신경이 쓰여 잠을 자지 못해 일어나려니 어지럽다.

진료실로 가려고 나오는데 아침 식사가 들어온다. 순간 남편은 굶어야 하는데 내가 먹겠다고 식사를 신청한 것이 미안하여 식판을 받아 놓고 진료받으러 갔다. 수술 전 후각 검사를 마치고 병실로 올라오니 출입문 앞에 이동식 침상이 놓여 있다. 남편은 바로 수술실로 이동이 되었다.

큰 수술은 아니라지만 코의 부비동염 수술이라 전신마취를 해야 하니 힘들다는 말에 속으로 울면서 옆에 따라갔다. 수술실 앞이다. 순간 머리가 하얗고 덜컥 심장이 멎는 느낌이었다. 수술실로 들어가는 남편의 모습이 안타까워 눈물이 쏟아지는 것을 꾹꾹 참으며 말도 못 하고 남편의 이마만 만져 보았다. 남편의 화답은 손으로 만든 하트였다. 나도 처음으로 사랑한다고 말하고 싶었는데 목이 메어 들키지 않으려고 말을 하지 못했다.

남편이 들어간 수술실 쪽을 응시하고 망부석처럼 서 있다가 그곳에서 마음 졸이고 싶지 않아 입원실로 올라왔다. 수술을 시작한다는 문자가 왔다. 가슴이 아프다. 마취 주사를 맞으며 서서히 잠드는 남편 모습이 눈앞에 보이는 듯 선했다. 이대로 깨어나지 않으면 어쩌지, 하면서 다듬어지지 않은 문경새재 길을 거닐며 데이트하던 때가 생각났다. 척박한 땅에서 내린 비까지도 큰 나무에 빼앗기고 겨우 자라 꽃을 피웠던 키 작은 코스모스를 생각하며 기도했다. 키 작은 코스모스처럼 다부지게 잘 견디고 나오라고 말이다.

수술실 앞 의자에 앉아있다가 일어섰다가 안절부절 수술실 앞 로비를 배회하며 몇 바퀴를 돌았을까 잠깐인 듯싶었는데 금방 삼십 분이 훌쩍 지나갔다. 회복실에서 한 명 두 명 환자가 나오기 시작한다. 똑같은 수술이 아닌 것을 알면서도 시 차를 두고 들어간 사람들이 나오는데 남편은 아직이니 숨이 멎을 듯 마음이 조급해졌다. 방정맞은 생각에 가슴이 툭 내려앉았다.

한참 지났지만, 남편은 감감무소식이다. 아직도 마취에서 깨어나지 못하나 보다. 혹여 남편이 잘 못 되기라도 하면 어쩌나 하는 생각에 눈을 감아버렸다. 회복실 출구가 열릴 때마다 뛰어 들어가 남편을 찾아보고 싶었다. 출입문에 붙어있는 '출입 금지'라는 빨간 글씨가 가슴을 막아 세웠다. 무엇보다도 힘이 센 장벽 같았다. 불안하고 심장이 터질 듯 가슴이 조여 왔다.

다시 회복실 출구가 열리며 남편의 머리가 보였다. 남편이 나오는 순간 짧은 시간이지만 지난 추억이 영화처럼 지나갔다. 잘 견디고 나오는 남편이 고맙고 고마워서 뜨거운 눈물이 흘렀다. 가늘게 눈을 뜨고 쳐다본 남편은 기운이 없는 듯 이내 눈을 감아버렸다. 남편도 살았구나 하는 생각에 마음이 놓였나 보다. 힘없는 남편의 파리한 얼굴을 보니 가여웠다. 수술 후 몇 시간 만에 처음으로 화장실을 가겠다고 했다. 소변만 잘 보면 된다고 했는데 시원치가 않다고 한다. 잠시 후 또 가고 싶다고 한다. 누워있다가 몸을 일으키니 코피가 왈칵 쏟아졌다. 코피는 환자복과 이불, 시트까지 붉게 물들였다. 먼저 남편의 거즈를 바꿔주고 이불과 시트, 옷까지 모두 바꿨다.

담당 의사 선생님의 회진 시간이다. 수술도 잘 되었고 지혈도 잘 되고 있단다. 저녁에 퇴원하겠느냐고 묻기에 다음 날 퇴원하겠다고 했다. 모든 것이 잘 되었고 회복도 빠르다고 하는 데도 마음을 놓을 수가 없었다. 전신마취로 잠시 멈췄던 몸의 기능이 정상으로 깨어나려면 시간이 오래 걸린다고 하더니 열 시간이 지났는데도 정상이 되려면 멀었나 보다.

평소 한 끼도 굶지 않는 남편인데 어제저녁부터 온종일 물 한 모금 먹지 못하고 굶었다. 저녁 식사를 하려는데 불편하여 짜증이 나나보다 아무것도 먹지 못하니 걱정이다. 나도 덩달아 밥을 먹을 수 없었다. 아기에게 밥을 먹이듯 김에다 밥을 조금씩 싸서 입에 넣어

주고 물도 빨대로 먹게 했다. 힘없는 남편의 모습이 애처롭기만 했다. 아주 조금 먹었다. 허기는 면했을까 잘 모르겠다.

대신 아파 주고 싶을 만큼 안타깝다. 하루가 너무 길었다. 남편이 수술받으면서 더 소중하고 처음 만났을 때처럼 풋풋한 사랑의 느낌은 두근두근 가슴을 뛰게 했다. 다시는 마음 졸이는 일이 없었으면 하면서 어둠 가득한 허공을 바라보았다. 멀리 늦은 밤 도시 하늘의 작은 별 하나가 반짝이며 병실의 불안과 초조를 날려버리고 희망을 주는 듯했다. 묻고 따지지도 않고 평생을 함께 가야 하는 길이기에 날마다 아침, 저녁이면 코를 세척 하기 위해 물을 먼저 끓이며 남편의 건강을 마음으로 빌고 있다.

동행

남편이 외출한다. 베란다에서 오래도록 내려다보고 있었다. 멀리 뒷모습이 희미해질 때까지 바라다보았다. 아직도 힘이 들어가 있는 두 어깨가 당당해 보이는데 사십여 년 전 신혼 때는 왜 그리도 작아 보이고 힘이 없어 보였던지 늘 남편의 뒷모습은 슬픔이 묻어났었다.

우리는 지인의 소개로 처음 만났다. 곱상한 외모에 깡마르고 홀쩍 큰 키에 말이 없는 남자였다. 둘만의 약속도 없이 모임에서 마주치면 인사만 하고 스치듯 지나갔었다. 특별하게 따로 약속을 정하여 만난 적은 더욱 없었던 것 같다. 그래도 관심은 있었나 보다. 많은 사람들 가운데서도 그의 행동을 흘깃흘깃 몰래 찾아보기도 했었다. 키는 컸지만 작은 눈과 얼굴 모습은 항상 우수憂愁에 차 보였다. 무엇인가 많은 생각을 하고 있는 듯한 분위기였다. 행사가 끝나고 집으로 돌아온 후에도 가끔 문득 떠올라 나를 혼란스럽게 했었다. 그의 슬픔이 무엇 때문인지 궁금해졌다. 자세하게 알고 있는 사람은 아무도 없었다. 더 궁금해져 이유도 없이 내가 그를 그냥 안아 주고 싶다고 생각했다. 그를 위로하여 밝은 표정을 찾게 해주고 싶었다. 여자들은 어떤 상황에서 모성애가 나타난다고 하더니 내 마음도 그랬나 보다.

특별한 일없이 밋밋했던 만남은 4년이나 되었다. 어느 날 우연히 만나 무슨 일이 있어도 함께하자고 굳게 약속했다. 아니 밥은 언제까지 해줄 것이라고 손바닥에 손가락으로 써가며 눈에 보이지 않는 약속을 했다. 그 이후에도 남편의 얼굴은 늘 어두워 보였다. 그럴수록 내 마음은 더 그에게로 갔다.

남편은 부모님이 일찍 돌아가셔서 안 계신 것에 대하여 주눅 들어 했다. 그것 때문에 본인도 모르게 자신감이 없어지고 힘들어 했다. 누구도 마음대로 할 수 없는 일이 그렇게 걸림돌이 된다는 것을 솔직히 이해하지 못했다. 때론 화가 나기도 했다. 물어도 솔직하게 이야기하지 않는 남편, 아직도 온전히 이해하지 못하고 산다고 하면 슬픈 일이지만 그것 때문에 우린 지금도 연애하는 기분으로 살고 있는지도 모르겠다.

우리 사이에 딸이 태어나고 딸의 옹알이와 함께 남편의 옹알이가 시작되었다. 걸음마도 시작되어 많이 변화하게 되었다. 가족이 생기고 함께 한다는 것이 이렇게 행복을 배가시키는 일인지 몰랐다. 바로 이어 아들이 태어났고 맡길 곳이 없어 어려움도 크고 힘들었지만, 그것은 함께하는 또 다른 행복이라는 것을 알게 해주었다.

남편은 내밀었던 손에는 절대 실망을 주지 않았다. 언제나 넓은 가슴으로 이해해 주었고 나쁜 소리를 하거나 화를 내지 않았다. 아주 가끔 나 혼자 화를 내며 소리도 나지 않는 손뼉을 쳤던 것이었다. 싸움은 절대 되지 않았다.

이제 더 무엇을 바랄까? 자식들 자라 각자의 둥지를 마련했고 이젠 둘만 남아있다. 흰 머리 성성한 남편을 보면 아직도 안타깝다. 어렵고 힘들었지만, 열심히 살아온 지난 길이 그저 꽃길로만 생각되었다. 우리에게 언제 무슨 일이 어떻게 일어날지 모르니 하루하루 해가 서산으로 기울 때는 밀레의 그림 '만종'에 나오는 여인들처럼 감사의 기도를 할 뿐이다.

불그레한 노을을 등에 지고 두어 걸음 앞서가던 남편이 돌아서 손을 내밀었다. 남편이 손을 잡고 내 발걸음에 맞춰 나란히 걸어주었다. 문득 결혼하기 전 데이트할 때가 생각났다. 오랜만에 성안길을 걷게 되었다. 뭐가 그리 쑥스러운지 남편은 서너 걸음 앞서 걸어갔다. 늘 남들보다 키가 큰 남편의 뒤통수를 보며 따라갔다. 키가 큰 것이 다행이라고 생각했다. 남편 뒤를 따라가다가 친구를 마주쳤다. 친구와 인사를 나누고 돌아서니 키 큰 남편의 모습이 보이지 않았다. 남편은 키만 큰 것이 아니라 발걸음도 빨라 금방 사라진 것이다. 황당했다. 그저 멍하니 큰길 옆에 서서 기다리고 있었다. 늘 그렇게 재미없는 데이트였다. 다음 만날 약속도 없이 헤어졌다. 서로 얼굴이 희미해질 즘이면 겨우 전화 통화를 했다. 교환원이 연결해주는 자석식 전화기로 시외전화 신청을 하면 보통 한 시간이 지나야 연결되었던 그 시절. 두어 달에 한 번씩 짧은 통화를 하며 아주 가끔 만났던 것이 지금 우리의 행복한 동행을 만들었다고 생각한다.

한 걸음 앞서가면 어떻고 뒤따라가면 어떨까 이렇게 함께할 수 있으니 행복이라고 생각한다. 요즘 백세시대라고 하니 맞잡은 두 손 놓지 말고 앞으로 삼십 년을 빠른 듯 느리게 천천히 걸어가고 싶다는 생각을 했다. 왜 결혼 전에는 이렇게 하지 못했을까 결혼 후 이십 년이 지난 어느 날 내가 남편에게 앞으로는 손을 꼭 잡고 다니자고 제안했다. 깜짝 놀란 남편이 잡힌 손을 억지로 빼냈다. 난 다시 잡았다. 젊어서 하지 못했으니 이제라도 해보자고 하며 죽는 순간까지도 이렇게 잡고 있을 거라고 했다. 어쩔 수 없이 잡혀서 다니더니 이제는 먼저 손을 내민다.

남편의 등에 비쳤던 붉은 노을이 백발을 붉게 물들였다. 지금까지 살아온 사랑이 열정이라면 앞으로의 사랑은 측은함이 아닐까 아직도 벗겨지지 않은 콩깍지를 오래도록 버리지 말아야겠다. 우린 잘 늙어가고 있다. 아니 잘 익어가고 있다고 생각한다. 항상 부드러운 삶으로 남편과 함께여서 더 큰 행복을 느끼면서 편안한 동행이 되고 싶다. 넘치는 욕심을 버리고 배려하면서 살고 싶은 것이다.

남편! 언제나 내 손을 잡고 동행하는 영원한 내 편이다.

엄마가 되다

　전화기 너머 딸의 목소리가 습기 먹은 종잇장처럼 눅눅하게 들린다. 무슨 일이 있는 것일까 가슴이 철렁한다. 시집 보낸 딸이 있는 어머니들은 똑같은 마음이지 않을까. 전화 걸어 엄마하고 부르는 목소리에 늘 예민했다. 가끔 바쁘고 할 일이 많고 힘들면 엄마가 보고 싶어 울컥한단다.

　예쁘고 꿈 많던 딸, 노래도 잘 부르고 친구들이 춤 선생님이라고 할 만큼 춤도 잘 추고 글도 잘 쓰며 꿈도 많았던 내 딸은 세계를 다니며 유물발굴을 해보고 싶다고 박물관학과에 입학하여 졸업한 후 안경광학을 공부하여 안경사가 되었다. 안과병원에 취업도 했다.

　직장에 잘 다니던 딸이 결혼하겠다고 했을 때 나는 하늘이 노랗게 보였다. 겨우 제 몸 추스르며 직장에 출근하는 딸이 결혼한다니 아무리 태연한 척하려고 해도 숨이 턱 막혔다. 도무지 딸을 이해할 수가 없었다. 난 안 된다고 했다. 살림이라고는 아무것도 할 줄 모르는 딸이 걱정스러웠고 결혼하고 나면 딸이 가지고 있던 꿈과 재능은 모두 키울 수 없을 것이라고 생각했기 때문이다. 그렇게 팽팽하게 양쪽 끝을 잡아당기듯 반대하다가 자식 이기는 부모 없다고 허락하고 말았다. 결혼 준비를 시작했다. 딸과 함께 살림살이를 준비하러 다니다가 집에 돌아와서는 이게 아닌데 하면서 울기를 반복했다. 결혼은 환상이 아니라 현실이기에 불을 보듯 뻔한 결혼 생활이 머릿속에 그려졌기 때문이었다.

지금 나의 생활은 신혼 초 힘이 들었어도 행복한데 집안일이라고는 조금도 할 줄 모르는 딸은 힘든 결혼 생활을 하도록 하고 싶지 않았다. 결혼한 딸에게는 친정어머니가 최고의 지원군인데 내가 아직 준비도 되어 있지 않았고 직장 때문에 해줄 수도 없기 때문이다. 즐겁게 준비해야 할 딸의 결혼 준비를 울면서 하고 결혼식 날에도 딸의 미래가 불을 보듯 뻔하여 펑펑 울었다. 그저 딸을 보면 저절로 눈물이 쏟아졌다. 아니 가슴이 찢어질 듯 아팠다.

무엇을 어떻게 해 먹고 사는지 할 수 있는 것이라고는 컵라면에 물 부어 먹는 것만 할 수 있는데 한 달이 넘고 두 달이 지나도 소식이 없었다. 엄마 이거 어떻게 하는 거야 저거 어떻게 해 하며 매일 아니 매끼 전화할 줄 알았는데 전화 한 통 없이 신혼생활을 잘하고 있었다. 딸은 임신하면서 다니던 병원을 그만두고 집에서 살림하며 태교에만 전념했다. 시부모님의 큰 배려에도 마음은 편하지 않았었다. 흔히들 말하는 결혼의 지옥으로 몰아넣은 것 같아 마음이 편하지 않았다.

퇴근 시각이 가까워진 어느 날 사위의 다급한 목소리가 들렸다.

딸이 산고를 겪으며 어머니를 찾고 있다고 했다. 정신이 아뜩해졌다. 내 배에서 사르르 통증이 느껴지는 것 같았다. 어떻게 운전했는지 딸이 있는 병원 앞에 도착해 있었다.

딸이 산고를 겪고 있는 방으로 갔다. 하얗게 마른 입술에 미소를 보이며 내 손을 잡더니 편안해지는 것 같았다. 얼굴에 땀을 닦아주고 물수건을 만들어 마른 입술도 적셔주며 같은 여자로서 고통을 알기에 가슴이 아팠다. 아니 눈물이 흘렀다. 내가 너를 아들로 낳았더라면 이런 고통을 겪게 하지는 않았을 텐데 하고 생각했다. 어느새 자라 엄마가 되다니 내가 딸을 낳을 때 열두 시간의 산통을 겪은 후 아기(딸)와 얼굴을 마주했던 기억이 났다. 난 딸의 손을 잡고 기도했다. 제발 엄마를 닮지 말고 짧은 진통 속에서 쉽게 아가를 낳을 수 있도록 해달라고 말이다.

그때 헐레벌떡 안사돈이 들어왔다. 나는 안중에도 없이 딸의 손을 덥석 잡으며 안절부절 진심으로 안타까워했다. 처음 보는 사람들은 친정어머니인 줄 착각할 정도였다. 땀을 비 오듯 흘리는 딸의 얼굴을 닦아주며 부채질해주는 모습이 좋으면서도 속상했다. 내가 엄마인데 어느결에 슬그머니 밀려나고 말았다. 나는 방이 아닌 병원 로비에서 서성이며 애를 태우고 있었다. 딸의 외마디 소리가 들릴 때마다 가슴이 내려앉는 듯했다.

내 딸은 시집가던 그 날로 내 딸이 아니라 강씨 집안의 며느리가 되었다는 것을 잊고 있었다. 시어머니의 사랑받는 모습을 보면서 내 마음이 서운한 까닭은 왜일까? 내 딸인데 나도 옆에 있어 주고 싶은데 하는 생각이 있었다. 솔직히 산통을 겪는 딸의 손을 내가 잡아주고 싶었는데 그렇게 하지 못해 지금도 서운하다. 결국 딸은 시어머니의 손을 잡고 마지막 산통을 겪으며 아들을 낳았다. 누가 손을 잡고 있었으면 어떨까 그저 딸도 건강하고 손주도 건강하게 순산한 것에 고마웠다.

손자는 중학교 2학년이 되었다. 내 친정어머니는 열 살 이전 자식의 건강과 안위는 부모책임이라 하며 항상 아기 잘 보라고 하셨었다. 이렇게 키우느라 내 딸은 얼마나 고생했을까 생각하니 여전히 가슴이 먹먹했다. 늘 내 일이 바빠 제대로 된 도움, 한 번을 주지 못했기 때문이다. 지금 딸은 사랑하는 아들의 사춘기에 엄청시리 힘들어하며 처음 경험하는 어머니의 길을 묵묵히 가고 있다. 딸은 가끔 전화를 했다. 엄마의 길이 너무 힘든가 보다. 남매를 키우며 직장 생활하는 내 딸이 더없이 사랑스럽다. 세상의 어머니들이 처음 가보는 길, 그 어머니의 길을 누구보다 잘 가고 있어 박수를 보낸다. 내 딸이 가고 있는 그 길이 영원한 꽃길이었으면 좋겠다. 아무것도 해보지 않아 걱정이 태산이었는데 야무지게 살림도 잘하고 아기도 잘 키우는 모습에 속으로만 칭찬했었다. 전화벨이 울렸다. 사랑하는 딸이다.

엄마, 너무 보고 싶어요. 또 힘든가 보다. 그래서 어머니의 보약 같은 목소리가 듣고 싶고, 보고 싶었나 보다. 난 아직도 사십이 넘은 내 딸이 애기 같아 보이는데 내 사랑하는 딸이 엄마가 되었다. 꿈만 같다.

미안하다

남편이 왼쪽 발을 잡고 거실을 뒹군다. 깜짝 놀라 주물러주려고 손을 장딴지에 대니 손사래를 친다. 쥐가 난 것이다. 슬그머니 일어난 아들이 달려가 장난감 바구니를 뒤지더니 봉제 인형 고양이를 들고 쫓아와 남편의 다리 옆에 슬그머니 놓았다. 쥐가 고양이를 보고 도망가면 아버지 다리가 아프지 않을 거라고 했다.

한없이 깨끗하고 순수한 아이였다. 42년을 교직에 있었지만, 정작 내 아이들에게는 이름 석 자도 가르쳐주지 못했다. 유치원을 다니고 아이가 자라면서 스스로 터득했다. 대부분의 어머니들은 어린 자녀들을 보면서 내 자식이 천재라고 생각한다. 나도 그렇게 생각했었다. 예쁜 입에서 나오는 한마디 한마디가 남기고 싶은 어록이었고 행동 하나하나가 신선했었다. 퇴근하여 집으로 돌아오면 몸과 마음이 피곤했다. 남의 아이들 가르치느라 지쳐 내 아이와 보낼 시간에는 그저 눕고 싶다는 생각밖에 없었다. 함께 놀려고 엄마를 까막까막 기다린 아이들을 달래어 데리고 잠자기에 바빴다. 한참을 자다가 깨어보면 나만 자고 일어날 때도 있었다.

어느 날 거실에 벗어놓은 점퍼를 들었더니 모래가 우수수 한주먹은 떨어졌다. 무엇을 하고 놀았기에 이럴까, 아들을 불러 물어보니 유치원에서 돌아오는 길에 바람이 많이 불었단다. 날아갈 것 같아 양쪽 주머니에 돌을 넣고 왔다고 했다. 참 천진스러운 생각이었다. 밖으로 나가보니 작은 자갈 무더기가 보였다.

학교 선생님이었던 나는 나에게 맡겨진 아이들에게 최선을 다하며 그들의 호기심과 꿈을 키워주려고는 노력하면서 내 아이들에게는 최선을 다하지 못했다. 생각해보니 아들과 함께 미래에 대하여 걱정하며 꿈과 희망에 관하여 이야기해 본 적이 없었다. 그저 알아서 잘해줄 것으로 생각했었다.

지금은 후회가 많이 된다. 가끔은 아들이 어렸을 때로 돌아가고 싶다. 그때로 갈 수 있다면 아들한테 관심을 두고 더 많은 이야기를 나눌 수 있으리라 생각한다. 인생의 농사 중에는 자식 농사가 최고라고 하시던 어른들의 말씀을 지금에서야 이해를 하나 이미 시간은 늦어 돌아갈 수 없는 상황이니 가슴이 아플 뿐이다.

부모이며 인생의 선배로서 앞길을 제대로 인도하지 못함이 후회될 따름이다. 우린 처음부터 아들의 의견을 많이 존중하고 자신의 계획과 실천을 응원해 주면서 키웠던 것이 사십이 되어가는 아들을 보면서 후회할 때도 있다. 모든 것을 스스로 알아서 하고 모두가 다니는 학원에 다니지 않고도 대학에 입학할 수 있어서 자랑스러웠다. 모두 아들의 생각이었다. 지금에 와 새삼 후회를 하는 까닭은 너무 아들에게만 맡기지 말고 잔소리도 하고 참견도 했더라면 지금보다 더 나은 직장에서 높은 보수를 받으면서 편하게 생활하지 않았을까 하는 바람에서 그러는 것이었다. 잔소리가 필요 없는 아들이기에 미래에 대하여 구체적인 대화까지도 부족했던 것을 지금에서 후회하는 것이다. 아들을 생각할수록 미안함의 깊이가 더 깊어지고 있다.

아들이 어릴 때였다. 꽃망울이 아홉 개나 생긴 대국 화분을 선물로 받아왔더니 뭐냐고 궁금해하기에 꽃망울 속에 예쁜 꽃이 들어 있다고 이야기해주었다. 매일매일 들여다보며 나날이 호기심과 궁금증을 키우던 아들이 어느 날 통통하게 부풀어 오르는 국화 꽃망울에 무엇이 들었는지 확인하느라 손톱으로 파 보았던 것이었다. 다 헤집어 피지도 못한 꽃잎이 모두 떨어지자 꽃망울에 꽃이 없었다고 하며 해맑게 웃던 순수하던 내 아들을 다시 만나보고 싶다.

옛날로 돌아갈 수만 있다면 제일 먼저 아들에게 관계 맺는 방법을 새롭게 알려주고 싶다. 생떽쥐베리의 '어린 왕자'에서 어린 왕자가 여우와 장미하고 친해지는 것처럼 그렇게 많은 것들과 관계를 맺는 방법에서 호기심을 키우고 창의력을 길러 녀석의 재능을 제대로 발휘할 수 있도록 뒷받침해주고 싶다. 사람들은 부모는 자식의 거울이라고 하는데 가끔은 그 거울 속에서 내가 아닌 다른 모습을 보고 싶을 때도 있다. 그런데 그 거울 속에는 너무도 나와 똑같은 모습만이 있어 아연실색할 때도 있다. 바르게 살기를 바라기는 했지만 조금도 어긋나는 모습을 볼 수 없는 아들에게서 차가움이 느껴질 때가 많다. 그냥 어우렁더우렁 어울려 살았으면 좋겠다.

아들이 초등학교를 입학할 때는 물론 졸업식 때도 가보지 못했다. 삼십 년 전 그때는 주변의 눈치가 보여 법으로 정해진 연가도 제대로 쓸 수가 없던 시절이었다. 내 아들에 생의 전환점마다 함께하지 못해 가슴이 아리고 쓰렸다. 미래를 위해서라고 자신을 위안하며 열심히 일했지만 언제나 아들에게 미안한 마음뿐이라 미안하다는 말을 입에 달고 살았다. 엄마를 제일 필요로 할 때 옆에 함께 있어 주지 못해 안타까웠고 나의 미래인 내 아들에게는 최선을 다하지 못했다는 죄책감에 가슴이 아리다. 그래도 부모님이 롤모델이며 부모님처럼 살고 싶다는 아들을 볼 때 마음이 흐뭇하고 내 손길을 주지 못해 아쉬웠지만, 잘 자라준 아들이 한없이 대견하다.

2부

부러운 시집살이

"아버님, 어머님. 모든 것이 처음이라서 서툰 며느리입니다. 사랑보다 사랑이 담긴 매서운 시집살이라도 받고 싶었습니다. 꿈에서라도 한번 뵙고 싶습니다. 그때 만나면 우리 며느리 수고했다 한마디 해주셨으면 합니다. 아버님, 어머님, 사랑합니다."

- 〈부러운 시집살이〉 중에서

결혼기념일

　이른 봄 햇살이 따사로운 아침이다. 사십 년 전 오늘도 포근한 날씨였다. 그날을 생각하며 햇살 가득한 거실에서 하루를 시작한다. 까만 양복을 입었던 청춘의 멋진 새신랑은 백발이 성성한 노신사로 내 앞에 있다. 어제 같은 그 날이 사십 년 전이라니 믿기 힘든 현실이다.

　결혼기념일이니 선물을 사내라 꽃을 사 달라 하는 것도 젊어서나 하는 일인 것 같다. 몇 달 전부터 필요한 것이 있느냐 갖고 싶은 것을 이야기하라고 했지만 갖고 싶은 것도 새롭게 필요한 것도 없었다. 다만 지금처럼 더 늙지 않은 젊고 건강한 남편만 옆에 있어 주기만 하면 된다고 했다. 이제 더 이상 물질적인 것이 뭐 그리 필요하겠는가. 말하지 않아도 알 수 있는 눈빛의 사랑이면 된다고 하는 생각이다.

　그동안 큰소리 한번 없이 살아온 것은 모두가 사려 깊은 남편 덕

분이다. 모든 것을 이해하고 참으면서 감싸주며 살았다. 가끔 아무 것도 아닌 서운함 때문에 남편을 당황하게도 했지만 귀머거리, 눈 봉사, 벙어리처럼 하고 서로가 잘못을 들춰내지 않았다. 한 가정을 이룬다는 것은 둘만의 문제가 아닌 듯싶다. 주변의 가족에서부터 시작하여 많은 이들이 더 어렵고 힘들게 하는 것 같았다. 우리는 그런 힘든 문제까지도 없으니 다툴 일이 적었다.

따스하게 유혹하는 햇살에 이끌려 밖으로 나갔다. 남다른 결혼기념일을 보내기 위하여 진천 초롱길에서 보드랍고 따스한 봄을 찾으며 걸었다.

하늘다리를 건너려니 초평호 물결 위로 하늘을 나는 듯 호수 깊숙이 드리운 흰 구름과 키 큰 상수리나무가 반겼다. 호수의 물과 따뜻한 봄바람으로 생강나무는 벌써 노랗게 꽃을 피웠다. 통통하게 살이 찐 벚나무는 꽃망울이 금방이라도 터질 듯했다. 조금 더 걸어가니 개암나무의 작은 암꽃이 빨간 수술처럼 앙증맞게 피었다. 가을이면 손톱만큼 작은 꽃이 고소한 개암이 된다니 신기하다.

봄의 부드럽고 따스한 손길은 어디서 오는 것일까. 모두가 잠자고 있을 때 살짝 스치고 지나가기만 해도 요술처럼 모든 것이 깨어나 노랑 빨강 꽃을 피우고 연둣빛 잎을 피우니 더없이 신비스럽고 아름답다.

따뜻한 바람에 실려 환상의 멜로디가 들렸다. 호수의 굽이를 따라 돌 때마다 그 아름다운 선율은 가까워지기도 했다가 멀어지기를 반복했다. 혹시 스피커에서 흘러나오는 소리일까 했는데 마지막 굽이를 돌면서 팬플룻을 연주하는 고고한 악사가 눈에 들어왔다. 잔잔한 호수의 물결과 따사로운 햇살에 어울리는 영롱한 음악 소리는 천상의 연주처럼 느껴졌다. 우리의 결혼기념일을 축하해주는 것처럼 아름다운 음악으로 귀 호강을 하고 다시 걸었다.

고갯마루 성황당을 지나며 어릴 적 고개 넘던 생각이 나서 작은 돌 하나를 찾아 살며시 얹어 놓고 걸었다. 오색 깃발들이 펄럭이는 성황당을 잘못 지나가면 귀신이 따라온다고 믿었던 그때는 왜 그리도 무서웠던지, 지금 생각하니 헛웃음이 났다.

저 아래 고려 시대에 만들어졌다는 농다리가 보인다. 돌다리 밑으로 흐르는 물결이 유난히 반짝였다. 얼른 돌다리를 건너볼 생각에 걸음이 바빠졌다. 비탈길을 서둘러 내려가 농다리에 도착하니 여느 돌다리와는 많이 다른 모양을 하고 있었다.

다리는 작은 돌을 물고기 비늘처럼 쌓아 올린 후, 지네 모양처럼 길게 늘여 만들었단다. 총 스물여덟 칸으로 하늘의 별자리를 응용하여 만들었다고 했다. 그 돌쌓기가 천년이 넘은 지금도 큰 장마에 떠내려가지 않고 튼튼하다니.

남편과 두 손을 꼭 잡고 졸졸졸 봄을 이야기하는 맑은 물 위의 농다리를 천천히 건너면서 생각했다. 내 인생의 봄날에 남편을 만나 딸 아들 낳고 기르는 청춘인 여름을 지나 지금은 우리도 모르게 인생 가을의 문턱에 도착해 있다. 황혼이라기에는 아직 이르지만, 그 어디쯤 와있을 것 같다. 그렇게 마흔한 번째 결혼기념일을 맞은 것이다.

특별한 날이라고 값나가는 선물이 무슨 소용이랴. 농다리처럼 굳건히 오래오래 좋은 마음으로 사랑하고 존경하며 살고 싶다고 생각했다. 행복은 멀리 있는 것이 아니라 내 마음속에 함께하고 있음을 다시 한번 다짐해 본다. 황혼의 결혼기념일에 머물고 싶은 곳에서 자연의 큰 선물을 받았으니 아름다운 사랑이 영원할 것만 같았다.

우리 언니

어느 방송에서 무속인이 했던 이야기가 생각난다. 사람들은 모두 타고난 사주팔자대로 살고 있단다. 무속인은 우리가 알고 있는 숫자 8을 생각해보자고 했다. 나누어준 투명 셀로판지에 8자를 크게 한번 써 보라고 했다. 모두 굵은 매직으로 8자를 크게 썼다. 그 후 셀로판지를 뒤집어도 보고 엎어도 보며 8자를 읽어보았다. 어떻게 보아도 변하지 않는 숫자 8은 그대로였다. 이렇게 타고난 운명은 바꾸기가 힘든 것이라고 했다.

우리 언니의 사주팔자(운명)가 그런 것 같았다.

언니 나이 서른두 살에 삼 남매만 남겨두고 형부는 이승의 소풍을 마쳤다. 언니는 밤마다 잠든 삼 남매를 보며 "세월아, 얼른 가라."라고 하면서 힘든 나날을 살았다고 했다. 삶이 너무 고단하고 힘들어 죽고 싶었던 순간도 있었다고 했다. 얼마나 힘들었으면 본인은 생각하지도 않고 세월아 얼른 가라고만 했을까. 이해가 되면서도 언니의 일생이 불쌍하고 가련하게만 느껴져 가슴이 아프고 슬펐다.

집안 살림만 했던 언니는 앞날이 얼마나 암담했을까. 그때부터 언니는 오직 자식들만을 생각하며 살았다. 언니가 처음 시작한 일은 화장품 방문 판매였다. 누구에게 아쉬운 소리 한마디도 못 하는 사람이 화장품 한 개를 팔기 위하여 얼마나 힘들었을까. 내 결혼식이 결정되었을 때 언니는 동생의 남편이 될 사람에게 고가의 화장품을 풀세트로 사게 했다. 그때 난 스킨도 바르지 않는 여자였다. 그런 동생에게 줄 화장품인데 한 번도 써 보지 않은 향수까지 팔았다. 언니는 그렇게 각박하고 힘들었었다. 얼마나 화장품을 파는 것이 힘들었으면 하는 생각도 해보았다. 그 화장품을 받은 나는 비싼 화장품을 받아 기분은 좋았지만 어렵고 곤궁했던 언니의 삶을 이해할 수는 없었다. 어쩌면 이럴 수 있을까 하고 생각한 적도 있었다. 결국 몇 번 쓴 화장품도 있고 한 번도 쓰지 않은 화장품도 있었는데 버릴 수가 없어 가지고 있다가 결혼 20년이 지난 어느 날 모두 쓰레기통에 넣었다. 너무 아깝다는 생각이 들었다. 언니는 화장품 판매만으로는 삼 남매를 뒷바라지하기에 어려움이 있어 보험설계사까지 같이하게 되었다.

자전거를 타고 다니던 언니는 큰 교통사고를 당하여 아무 일도 할 수 없게 되었다. 삼 남매에게는 경제적으로나 엄마의 사랑까지도 가장 도움이 필요했던 중학교, 고등학교 시절이었다. 언니의 속은 까맣게 타들어 갔고 경제적인 어려움도 겪게 되었다. 내가 제일 가까이에 살고 있었으면서도 언니에게 큰 도움이 되지 못해서 가슴 아프고 미안했다. 신혼이었지만 남편은 두 집 살림하는 사람처럼 조카들도 다독여주고 집안의 시설이 고장 나면 고쳐주기까지 했다.

언니가 겨우 움직일 수 있게 되었을 때는 언니의 나이 때문에 쉽게 일자리를 구할 수가 없었다. 언니는 최후의 보루로 집 짓는 공사장을 찾아가 벽돌과 모래를 나르는 등 힘든 허드렛일을 했다. 그러다가 공사장 타워크레인을 조종하는 일을 하게 되었단다. 타워크레인에서 일하는 날은 국물이 있는 음식과 물까지도 마음 놓고 먹을 수 없었다니 가슴이 짠했다. 긴 시간 동안 타워크레인에서 내려올 수가 없었기 때문이란다. 힘든 일을 하면서도 먹는 음식까지도 마음 놓고 먹을 수 없는 상황이 가슴 아팠다.

그렇게 절대로 가지 않을 것 같았던 시간이 흘러 삼 남매 녀석들이 사십이 훌쩍 넘어 막내까지 두 아이를 둔 가장이 되었다. 언니 말대로 세월이 흘러 품 안에 있던 자식들은 잘 자라 각자의 보금자리를 꾸렸다. 첫째 조카는 4급 공무원으로 일하고 둘째는 중소기업의 요직에서 일하며 막내는 목회자로 활동하고 있다. 자식들이 훌륭하게 자라는 동안 꽃다웠던 젊은 여인은 온몸이 아프지 않은 곳이 없이 종합병원이 되어버렸고, 얼굴엔 주름살과 검버섯만 늘어난 노파가 되어 있지 않은가. 일찍 혼자가 되어 갖은 고생을 한 언니는 언제나 부모님의 아픈 손가락이었다.

친정 부모님은 무속인도 어쩔 수 없다고 한 언니의 팔자를 고쳐주고 싶어 하셨다. 재혼을 시키려고 했던 것이다. 하지만 언니는 어떤 상황에서도 아이들과 떨어지는 것은 받아들일 수가 없다고 했다. 고집스러운 언니는 지금보다 더 힘든 고생을 해도 아이들과 함께하는 것이 행복이라고 했다. 막내는 가끔 시장에 가서 아빠를 사다 달라고 떼를 쓰기도 했다. 죽음이 뭔지도 모르고 아버지를 시장에서 사 올 수 있다고 생각했던 그 어린 조카들이 이제는 언니의 울타리가 되어 손과 발이 되어주고 있다. 어렵고 힘든 상황에서도 잘 자라준 조카들이 대견스럽고 고맙기만 하다.

파란만장하고 한 많은 여인의 삶이 세상을 일곱 번이나 바꾸었다. 조카들의 초대에 칠 남매가 모두 모여 축하하는 언니의 칠순 생일잔치 자리였다. 조카들은 '어머님 은혜'를 불렀고 우리 칠 남매는 생일 축하 노래를 불렀다. 그동안 고생한 언니의 삶이 파노라마처럼 지나가 눈물이 핑 돌았다. 칠십 년 동안 자식을 위해 살아온 언니에게 남은 것은 몸이 으스러져 삭아들 듯한 아픔뿐이었지만 손주들의 재롱잔치에 웃음이 벙싯벙싯했다. 언니는 그 아픔 속에서도 꼿꼿하게 자존감을 버리지 않았다.

언니의 삶이 끝나는 그 날까지 당당하며 긍정적으로 지금처럼만 살았으면 좋겠다. 혼자 고생했던 지난 시간을 충분히 보상받고 행복한 나날이 계속되기를 빌 뿐이다. 사랑이니 행복이니 하는 것들은 자기 마음속에서 자신이 만들고 받는 것은 아닐까, 스스로 만들 수 있는 것으로 생각한다. 누구도 고칠 수 없다는 팔자를 언니 스스로 고친 굴곡진 인생길 위에 아름다움이 꽃피고 행복은 있었다. 언니에게 인생은 칠십부터가 되었으면 좋겠다고 생각해보았다.

부러운 시집살이

'고초당초 맵다 한들 시집보다 더 매울까?' 세상의 모든 여인들이 하는 말로 시집살이는 알 수가 없다. 아무리 잘해줘도 시집이고 시어머니라고 한다. 오죽하면 요즘 젊은 친구들은 '시' 자가 들어가는 것은 시금치나물도 싫다고 한다.

친정어머니는 다른 사람들이 볼 때는 정말 며느리에게 잘하며 사랑을 주는 시어머니라고 했다. 며느리들도 그렇게 생각했을까. 며느리가 다섯이나 되는 친정어머니도 때론 힘드셨을 것 같다. 내 속으로 낳은 자식도 마음대로 되지 않고 얼굴을 붉힐 때가 있는데 각기 다른 환경에서 자란 며느리가 다섯이나 되니 왜 아니겠는가.

나는 어렸을 때부터 입버릇처럼 종갓집 맏며느리가 되겠다고 했었다. 물론 시어머니에 시할머니까지 계셔서 사랑을 듬뿍 받는 예쁜 며느리가 되고 싶었다. 아니 사랑이 아니면 모진 시집살이라도 당해보고 싶었는데, 나는 시집살이도 사랑도 받지를 못했다. 시부모님의 사랑이 무엇인지 모르고 살면서 직장 생활하며 남매를 키우느라 힘든 시기를 보내기도 했다.

출근하여 하루 할 일을 정리하고 있는데 여직원들만 휴게실로 모이라고 연락이 왔다. 급한 일인가 하여 쫓아갔다. 커다란 스텐 밥통을 가운데 두고 둥그렇게 모여 있었다. 무엇인가 하고 뚜껑을 열어보니 먹음직스러운 찰밥이 한가득 들어있었다. 며느리가 임신해서 찰밥을 잘 먹는다고 시어머니가 해주셨단다. 여러 가지 콩과 호두·은행·밤까지 듬뿍 넣어 만든 찰밥을 싸주시며 직원들과 나누어 먹으라고 하셨나 보다. 그 소리를 듣는 순간 너무 부러웠다. 모두 맛있게 먹는데 울컥하여 한 숟갈도 먹지 못하고 슬그머니 밖으로 나왔다.

첫 아이를 임신했을 때 버스를 타고 아흔아홉 구비 천등산 달이재를 넘어 출근하던 때가 떠올랐다. 차멀미가 얼마나 심했던지 출근길 중간에서 내렸다. 날 내려놓고 출발하는 버스 뒤를 쫓아가는 흙먼지 바람이 휙 지나는 간이주차장 의자에 앉아 하늘을 쳐다보며 눈물만 흘렸었다. 세상에 갈 곳 없는 사람처럼 외로웠었다.

시어머니가 안 계신 나는 시어머니가 계셨으면 얼마나 좋을까 하는 생각을 때때로 했었다. 직장에 다니는 나를 대신하여 살림도 살아주고 아이들도 키워주면 좋겠다고 생각했다. 시부모님이 아기를 키워주며 함께 사는 친구들이 매우 부러웠었다. 아기 키울 때 남에게 맡기고 출근하며 날마다 미안하고 가슴이 찢어질 듯 아팠다.

하루는 출근하는 길에 아기를 맡기려고 업고 갔더니 아기를 돌

봐줄 수 없다고 했다. 이건 무슨 날벼락 같은 말인가. 그만두겠다는 것이었다. 어제저녁에도 아무런 말이 없었는데 출근하는 지금 이야기를 하면 어쩌라는 것인지 머리가 하얘졌다. 아기를 업고 출근을 할 수도 없고 가까운 데는 친척도 없고 친정어머니는 오실 형편이 안 되니 난감했다. 아주머니에게 아무 말도 할 수가 없고 당황스럽기만 했었다. 처음으로 얼굴도 뵙지 못한 시어머니를 원망했었다. 아기를 업고 돌아서는 나는 넓은 세상 속에 아기와 함께 덩그러니 던져진 느낌이었다. 어떻게 해야 할지 아무런 생각도 나지 않았다.

친구들은 나보고 시부모님이 안 계셔서 얼마나 좋으냐고 이야기하지만 나는 그렇게 생각하지 않았다. 오히려 시부모님과 함께 살며 시어머니 시집살이를 이야기하는 친구들이 항상 부러웠다. 시어머님이 힘들게 자식을 낳으시고 키우시기만 하고 효도 한 번 받지 못하신 것을 생각하면 가슴이 아리고 아팠다. 외출했다가 늦게 들어오는 며느리에게 일찍 들어오라고 꾸중도 하시고 가끔 냉장고를 들여다보고 절약하고 아끼며 살라고 해주셨으면 좋겠다. 남들은 그것이 시집살이에 잔소리라고 생각하겠지만 난 사랑의 소리에 애정표현이라고 생각했을 것 같다.

남편의 성품을 보면 시부모님들이 어떤 분이셨을지 알 수 있을 것 같다. 그냥 옆에 계시면서 즐거울 때 같이 즐거워해 주시고 힘들 때 위로해 주시는 그런 분들이었을 것이라는 생각이 든다. 나 또한 착하게 순종하며 효도하려고 노력하는 며느리가 아니었을까 싶다.

며느리에게 찰밥을 싸준 시어머니가 부럽고 아기 키워주며 시집살이시키는 시어머니가 정말 부러웠다. 사랑받는 것보다 모진 시집살이 당하는 친구가 애잔하면서도 더 부러웠다. 단 하루라도 시어머니와 함께 살아보고 싶었다.

조용히 시부모님 사진을 꺼내어 본다. 인자하신 모습은 아무 말씀이 없으시다.

"아버님, 어머님. 모든 것이 처음이라서 서툰 며느리입니다. 사랑보다 사랑이 담긴 매서운 시집살이라도 받고 싶었습니다. 꿈에서라도 한번 뵙고 싶습니다. 그때 만나면 우리 며느리 수고했다 한마디 해주셨으면 합니다. 아버님, 어머님, 사랑합니다."

찰밥 한술에 눈물 나게 그립고 보고 싶었던 시부모님이었다. 오죽했으면 시집살이가 부러웠을까 언젠가는 꿈속에서라도 뵐 수 있을 것으로 생각한다. 시집살이 한번 시키시지 않고 그리움만 주신 시부모님이 더더욱 보고 싶었다.

추석날

넓은 거실의 유리창에 크고 작은 물방울들이 리듬에 맞춰 음표를 그리고 있다. 가을을 재촉하는 축가 같았다. 이 비가 그치고 나면 제일 먼저 나무들이 옷을 바꿔 입을 것 같다. 아니 성급한 화살나무는 벌써 빨갛게 옷을 갈아입고 추석을 맞았다.

붉게 물든 화살나무를 보니 어릴 적 추석이 돌아오면 어머니께서 밤새 손바느질로 지어주셨던 색동저고리와 빨간 치마가 생각났다.

명절 때가 되면 남자 형제들은 명절 대목장에 나가셔서 추석빔을 사 오셨다. 그런데 늘 내 옷만 없어 서운하고 속상했었다. 정말 내 옷은 없는 것일까?

그럴 때마다 어머니는 낮에는 논으로 밭으로 다니며 일을 하시고 피곤하셨을 텐데도 내가 잠든 깊은 밤 틈틈이 꿰매시면서 늘 내 추석빔은 없다고 하얀 거짓말을 하셨다. 그때마다 서운하여 엉엉 운 적이 한두 번이 아니었다. 섦게 울 때도 어머니는 태연하게 달래주셨다. 추석날 일찍 잠에서 깨어보면 머리맡에는 고운 한복이 놓여 있었다.

어머니의 피곤함과 사랑으로 지어진 한복을 품에 안고 함박웃음을 웃으며 좋아했다. 고운 한복을 입고 아침 일찍 큰댁으로 올라가 차례 준비하는 것을 보며 나비처럼 팔랑거렸다.

드디어 차례를 지낼 시각, 남자 형제들이 모두 방과 대청마루로 들어가 차례 지내는 것을 구경만 할 때는 여자라서 서운한 적도 있었다. 왜 여자는 차례를 지낼 수 없는지 속상했다.

하지만 차례 지내기가 끝나고 차례상에 올랐던 과자 바구니를 들고나오면 우린 긴 줄을 서서 몫을 받아 들고 좋아했다. 우리가 받아든 몫이라야 옥춘 반쪽에 막과자 두어 개와 산자 조각이 다였지만 추석날만 즐길 수 있었던 행복이었다.

추석 차례 지내기가 끝나고 나면 단체로 성묘하러 갔었다. 초등학교 5학년 추석 때의 일이었다. 차례를 지내고 성묘하러 가기 전 동갑내기 조카와 우리 집에 들렀다. 부엌에는 식혜와 막걸리가 손님 접대용으로 준비되어 있었다. 둘이 한 사발씩 퍼서 마시고 성묘 가는 길에 따라나섰다. 첫째 번 산소의 성묘를 마치고 둘째 번 산소에서 성묘하고 양지쪽에 쓰러져 잠이 들고 말았다. 함께 성묘하러 갔던 가족들이 뒷동산을 다 돌아 성묘를 마치고 내려왔을 때는 해가 뉘엿뉘엿 넘어가는 저녁때가 되었다. 산을 내려 와 보니 성묘하러 올라갔던 두 녀석이 없어져 온통 난리가 났다. 어른들은 산으로 뛰어 올라가서 목청 높여 이름을 부르고 이리 뛰고 저리 뛰며 찾고 있었다.

조카와 나는 해 질 녘이라 오슬오슬 추워져 잠에서 깨어나 산에서 내려왔다. 우리가 내려오자 성묘로 인한 해프닝의 큰 사건은 쉽게 해결이 되었다. 식혜로 알고 마신 막걸리 때문에 취하여 잠이 들었던 것이었다. 지금도 생각하면 피식 웃음이 나는 일이었다.

어머니께서 마지막으로 지어주신 치마는 파란색으로 그것도 역시 손으로 꿰매셨다. 그 옷을 꿰매 주시고 10년 후 어머니는 여든셋의 연세에 하늘나라의 별이 되셨다. 어머니가 가시던 날, 아버지와 어머니는 점심을 잡수시고 설거지도 하시고, 처음이자 마지막으로 아버지가 커피까지 타 오셔서 함께 잡수셨다고 했다. 어머니는 앉아서 하늘나라로 가셨단다. 아버지 외에는 칠 남매가 아무도 임종을 지키지 못했다. 그리고 13년이 되었다.

추석날 아침, 며느리로서 시부모님 차례상을 준비하면서 친정어머니가 생각나고 뵙고 싶은 까닭은 무엇일까?

아직도 빗줄기는 길고 짧은 리듬을 유리창에 그리고 있었다.

나무들의 색동저고리를 짓고 있나 보다. 비가 그치고 나면 어느새 가을이 깊어 나무들은 이슬비가 만들어준 고운 옷으로 갈아입을 것으로 생각한다.

어린 시절 어머니가 지어주신 색동저고리와 빨간 치마를 입고 좋아했던 나처럼 말이다. 바람도 불지 않고 내리는 가을비를 하염없이 바라보았다.

어머니와 색동저고리가 눈물이 나도록 그리운 날이었다.

내 몸의 신호

하늘이 흐리다.

기온이 내려가고 바람이 불며 금방이라도 눈이 내릴 듯 어두워졌다. 베란다 구석엔 가을의 마지막 그리움들이 거미줄을 타고 춤을 춘다.

갓 태어난 신생아처럼 거실 가운데 누워 누군가의 도움을 기다리며 눈만 멀뚱멀뚱 뜬 채로 천정을 응시하고 있다. 거실 안은 공기의 움직임마저도 조용했다.

천천히 머리에서부터 발끝까지 내 몸을 스캔했다. 한 번도 내 몸에 이렇게 관심을 가져본 적이 없는 듯하다. 슬며시 눈을 감고 유체 이탈을 하여 영혼이 마지막 자신의 육신을 내려다보듯이 힘을 쭉 빼고 생각을 했다.

삶의 무게에 가장 힘들었을 머리, 20년을 넘게 미장원엘 가지 않아 긴 머리카락과 나이 먹어 침침해져 가는 눈, 안경을 쓰고 사물을 보는 데는 아무 지장이 없다. 한데 나이 먹으면서 사회의 나쁜 점들이 더 잘 보여 가끔은 눈을 반쯤 감고 세상을 보아야겠다고 생각할 뿐이다. 시력이 떨어지고 있는데도 사회의 나쁜 것들이 더 잘 보이니 말이다.

언젠가부터 귓속에 모기가 살기 시작했다. 처음엔 한 마리가 사는지도 모르게 살고 있더니, 몸이 피곤하면 여러 마리가 되어 밤잠을 설치게 했다. 몸의 구석구석을 살피다 보니 점점 내 몸이 기계와 같다는 생각이 들었다. 건강했을 때 쉼을 주어 가며 잘 관리하고 아꼈어야 했을 것을 하는 생각이 들었다.

얼굴 가운데 오뚝한 코, 세상 하늘 높은 줄 모르고 높기만 했다. 코는 세월이 흘렀어도 크게 달라지지 않았지만, 콧대는 조금 낮아진 듯하며 늙지 않고 있는 것 같았다. 그저 아무런 변화를 느낄 수가 없었다. 누군가 몰래 먹는 맛있는 냄새는 아직도 귀신같이 맡을 수 있으니 제 몫을 다하고 있다고 생각했다.

입안이 제일 먼저 많은 변화를 실감하게 했다. 잇몸 속에 젖니를 숨기고 어머니의 젖을 먹다가 토끼처럼 대문니가 두 개씩 올라와 차츰 음식을 먹을 수 있게 되었다. 젖니가 어느 날부터 가뭄에 농사지은 할아버지의 옥수수처럼 군데군데 빠지며 어른 니로 바뀌었다. 무엇이든 맛있게 먹으며 건강을 지킬 수 있게 해주었다. 태어난 지 칠십 년이 되어가니 제일 먼저 힘들다고 몸부림쳤던 이는 몸의 어느 부분보다도 나이 먹어감을 실감하게 해주었던 것 같다. 찬물에도 시리고 뜨거운 음식에도 놀라며 아우성을 쳤다. 결국 못 쓰게 된

이를 하나 뽑아냈고 낯선 녀석을 하나 들여놓고 정들여가며 살게 된 것이 1년 전 일이었다.

손과 팔, 어깨는 중년에 많은 일 때문에 혹사를 했던 내 몸의 일부였다. 오십견으로 고생했던 어깨가 병원의 신세를 지고 지금은 건강한데 열 손가락이 나를 슬프게 했다. 아침 일찍 잠에서 깨어날 때 심하게 통증을 느끼게 하는 손가락 마디는 병원을 제일 많이 찾게 했다. 오른손 약지에서 검지로 검지에서 중지로 또 왼손으로 통증이 옮겨갈 때마다 나이 먹는 것이 슬펐다. 손가락이 이렇게 아파 구부릴 수도 없는데 무엇을 할 수 있을까 쌀바가지를 들고 쌀을 씻는 일에서부터 설거지하고 행주를 짜는 일까지 아무것도 할 수가 없어 너무 슬펐다. 그것은 시작에 불과했다.

평생 아파보지 않은 허리에 반응이 오기 시작했다. 허리를 조금 굽혀 인사하는 것은 물론 고개를 까딱하는 인사도 할 수가 없고 팔을 들었다 내리는 것도 할 수 없으며 젓가락질까지도 할 수가 없었다. 집안일은 고사하고 혼자서는 움직일 수도 없었다. 이대로 아무 것도 할 수 없게 되면 어떻게 될까. 똑바로 누우면 팔도 다리도 꼼짝할 수 없다는 것에 공포가 심하게 느껴졌다. 조금이라도 움직여 보려고 했다. 조금만 움직여도 나오는 비명 같은 신음이 야속했다. 오른쪽으로 왼쪽으로 몸을 아주 조금씩 움직여 보았다. 아~~아 가느다란 비명만 남기고 몸은 다시 돌아가 천정을 응시하고 있다.

생리현상 때문에 일어나야겠는데 들었던 팔은 바닥으로 툭 떨어지고 앓는 소리만 쏟아져 나올 뿐이었다. 보다 못한 남편이 두 팔을 뻗어 일으키려고 하는데 뿌리치며 버럭 화를 냈다. 내 몸을 내 마음대로 할 수 없다는 것을 받아들일 수가 없었다. 알을 낳고 고향으로 돌아가는 지친 어미 거북처럼 얼마 동안 사지를 허우적거리다가 긴 비명을 쏟아내며 겨우 일어났다. 기어서 화장실까지 갔다. 내게 얼마의 시간이 남았을까. 그 시간 동안 이렇게 살아야 하는 것일까. 고통의 중압감에서 무서운 공포를 느꼈다.

온몸의 스캔은 다리의 무릎과 발까지 가지도 못하고 여기에서 끝을 냈다. 더 이상 진행하지 못한 것이었다. 오랜 시간 동안 아끼지 않고 함부로 써먹기만 했던 내 몸이 구석구석 성한 곳이 한 군데도 없나 보다. 어떻게 내 것이라고 쉼도 없이 마음대로 혹사했단 말인가. 부모님께서 주신 몸은 손톱, 발톱, 머리카락까지 중요하지 않은 것이 없다고 하거늘 젊음의 무기에 가려 잊고 살았구나 하는 생각을 했다.

이제야 몸을 아끼며 일하라고 했던 선배들의 조언이 생각났다. 쉬면서 즐기면서 했어도 될 일들을 내일 세상이 무너질 듯 몸을 아끼지 않고 일했던 것이 후회가 되었다.

당장 병원으로 가야겠다. 아직 남은 시간을 위하여 몸을 아끼고 사랑하는 방법부터 배워야겠다. 무리하지 않고 쉬어가면서 부모님이 주신 내 몸을 누구보다 사랑하며 살아가려고 새롭게 다짐했다.

서방님은 투병 중

온통 세상을 꽁꽁 얼려버린 보기 드문 한파가 계속되고 있다. 나뭇가지도 찬바람에 윙윙 소리를 내며 내 맘처럼 울고 있는 듯하다. 강원도에는 상상할 수도 없을 만큼 눈이 많이 내려 도로까지 통제되고 있다는 소식이다. 동서가 그쪽에 살고 있기 때문에 걱정이 되었다.

윙윙대는 바람의 울음 따라 엄니를 부르며 고통을 참지 못하는 앓는 소리가 이곳 내게도 들리는 듯 가슴이 이리 아린데 남편 마음은 말해 무엇하겠는가. 손끝에 작은 가시만 박혀도 참지 못하는 게 인간인데 암 덩어리가 함께하고 있으니 아픈 고통을 어떻게 참고 있는지 가슴만 졸이고 있을 뿐이다.

며칠째 연락이 되지 않아 애를 태우고 있던 차에 전해 온 소식은 나쁜 소식이었다. 스무 번이 넘게 진행된 항암치료도 잘 견디고 주삿바늘만 빼면 다음을 위하여 통증을 참으며 운동까지 하는 사람인데 얼마나 참기 어렵고 고통스러웠으면 이기지 못하고 한밤중에 응급실을 찾아갔을까. 칠흑 같은 어둠만도 무서운데 운전대를 잡고 남편의 앓는 소리를 들으며, 얼마나 무섭고 억장이 무너졌을까.

응급실에 도착하여 다시 검사를 받고 결국 세 번째 스텐트 시술로 극심했던 통증은 멈췄다고 한다. 늘 아픔이나 괴로움을 잘도 참아내던 서방님이 그토록 참지 못하고 괴로워했다면 상상도 할 수 없이 큰 고통이었을 것이다.

파리하게 마른 입술을 겨우 달싹이며 눈도 뜨지 못하고 엄니를 찾으며 통증을 호소하던 남편을 옆에 태운 동서는 심한 공포감에 어떻게 운전했을까. 내 머릿속이 하얘진다. 왜 우리에게 이런 시련을 주는 것인지 환자의 아픔을 대신해 줄 수도 없고 옆에서 간호를 도와줄 수도 없으니 그냥 발만 동동 구르고 있을 뿐이다. 더욱이 코로나 때문에 위로의 병문안도 자유롭게 마음 놓고 할 수가 없어 더 속상하다.

난 이럴 때마다 다른 사람들이 생각하기에 가식 같을지 모르지만 자책하게 된다. 옆에서 보는 사람들은 이해할 수도 없겠지만 맏며느리인 나 때문인 것 같고 내가 죄인처럼 느껴지며 무섭다. 더구나 아무것도 대신해 줄 수 없음에 가슴이 답답하고 표현할 수 없는 많은 것들이 어깨를 짓누르고 속을 시끄럽게 한다. 추위도 아랑곳하지 않고 차에 올라 무작정 달렸다. 눈에 익은 산자락 밑에 도착해 있었다. 희끗희끗 잔설이 남은 산언덕을 휘이휘이 올라간다. 바람이 코끝 시리게 차다. 갈대두 찬 바람이 싫다고 이리저리 몸부림친다. 단숨에 산허리를 오르려니 숨이 턱에 찼다. 키 큰 잣나무도 찬바람에 머리를 흔들며 쏴쏴 소리를 낸다. 서방님의 고통스러운 앓는 소리 같았다. 잣나무잎이 빠뜨린 바람은 잣나무 허리를 돌아 앞서 언덕에 올라선다. 난 헉헉대며 걷다가 잠시 서서 숨을 고르고 올라갔다. 청설모가 먹다 남은 잣송이 속에 알갱이들이 곱게 박혀 나를 본다. 뽀얀 알갱이들이 다정해 보인다. 우리 형제들도 이 산허리를 다정하게 웃으며 찾은 적이 있는데 벌써 오지 못한지가 2년이 넘었다. 잘 왔다 장하다 건강해라, 한마디 말씀을 안 해주셔도 어머니 계신 이곳이 얼마나 오고 싶고 얼마나 그리울까?

차갑게 불던 바람도 멈추었을까 잠시 조용해졌다. 성묘를 하고 일어서려는데 흔들리던 두 다리는 일어서지 못하고 풀썩 주저앉고 말았다. 산소 앞에 엎드려 어머님, 사랑하는 둘째 아들 좀 살려주네요. 제발 보살펴주세요. 눈물로 부탁을 드렸다. 어떤 일로도 보탬이 될 수 없는 내가 한심하게 느껴졌다. 입에서 쏟아진 한마디 한마디가 잣나무 가지에 걸려 찬바람에 시달리며 날리고 있다. 사경을 헤매며 통증을 호소하던 서방님처럼 처절해 보였다. 어머니의 귀한 자식이 건강을 회복할 수 있도록 도와달라고 눈물을 쏟으며 애원했다. 이렇게밖에 할 수 없음에 내 가슴은 더 답답하고 찢어졌다. 어찌 생각하면 내 마음 편하고 싶어서 하는 행동 같아 미안하기도 하다.

큰 바람 한 뭉치가 잣나무 머리를 밟으며 지나간다. 가끔은 키 큰 나무가 깊게 고개를 숙여 바람이 아래로 툭 내려오기도 했다. 남편에게 연락이 왔나 보다. 한 무리의 폭풍이 지나가듯 모두를 괴롭히던 통증이 지나가고 지금은 병원에 입원하여 회복 중이라고 환자인 서방님이 직접 연락을 해왔단다. 다행이다. 정말 다행이다. 이제 살았구나. 쓰리고 아팠던 가슴을 쓸어내리며 깊게 한숨을 쉬었다. 또 한고비를 넘겼나 보다. 조금 숨을 쉬며 살 수 있겠다 싶다. 혼자라면 무섭고 힘들겠지만, 옆에 가족이 함께 있으니 조금은 기대면서 쉬어갔으면 좋겠다. 동생의 아픔을 대신 아파주지 못하는 남편의 마음도 생각해보았다. 하나뿐인 동생의 고통마저도 함께하고픈 남편이지만 내색조차 하지 않고 변함없는 표정까지도 느낄 수 있으니 더 가슴이 아프고 타들어 간다. 어느 무엇과도 비교할 수 없는 그 마음을 어찌 알 수 있을까?

오늘도 기도한다. 꼭 이겨내 형제의 정을 더 오래도록 이어가 달라고……

백신 접종

매일 오전 아홉 시가 넘으면 알람처럼 제일 먼저 도착하는 메시지가 있다.

'[중대본] 18세 이상 코로나 2차 접종 3개월 경과 시 누구나 사전 예약 후 3차 접종 가능합니다.(60세 이상은 12월에는 당일 접종 가능)'

날마다 문자가 날아온 지 2년여가 넘는다. 어디 중대본에서만 오나 충청북도 도청, 청주시청, 주민센터까지 하루에도 몇 번씩 왔다.

아직 어르신이라는 말이 부담스러운데 60세 이상이 어르신이라면서 3차 접종을 종용한다. 선뜻 접종하려는 마음이 내키지 않았다. 1차 접종 때는 근육통에 무기력증이 2주 정도 계속되었다. 약을 먹으면서 겨우 열만 식히며 식욕도 없고 모든 것이 귀찮고 기운이 없어 몸을 지탱하기가 힘들었다. 겨우 기운을 차리고 일상으로 복귀하여 조금 나아지는가 싶은데 2차 접종 시기가 온 것이다. 1차를 접종하고 3개월, 정해진 날짜에 접종해야만 백신의 효과가 크다고 했다. 처음에도 그랬지만 무섭고 겁이 났다. 예방접종 후 신경 이상자 또는 심뇌혈관 관련 병에 사망자까지 나오는 상황이니 겁이 나지 않을 수 없었다.

처음 맞고 난 후보다 더 부작용이 심할 수도 있다는 생각에 불안했지만, 예약 시각이 가까워져서 병원으로 갔다. 아무 일이 없기를 기도하면서 의사 앞에 앉았다. 일회용 주사기가 개봉되어 의사의 손에 건네졌다. 작은 물방울이 주사기 바늘 끝에 맺히고 따끔한 순간 한 방에 많지는 않지만, 누군가는 식물인간이 되기도 하고 영원히 돌아올 수 없는 길을 가기도 했다고 가끔 뉴스에 보도되기도 했다. 만에 하나 그 불길함이 나라면 하는 생각을 하지 않을 수가 없었다.

"조금 따끔합니다." 간호사의 말이 끝났고 나의 왼쪽 팔 어깨 부위쯤이 따끔했을 뿐 무엇이 들어왔다는 생각은 들지 않았다. 10원짜리 동전만 한 반창고를 붙여주며 주의 사항을 이야기했다. 대기실에서 15분 동안 기다렸다가 이상 반응이 없으면 돌아가라고 했다. 모든 것이 형식적인 이야기로 간호사들도 지쳐 보였다.

집으로 돌아와서 열이 나기 시작했다. 심하지는 않았지만, 진통해열제를 먹고 누워있었다. 1차 접종 때보다 더 몸이 늘어지며 매사가 귀찮았다. 남편이 지극 정성이다. 옆에서 열도 재어주고 물도 떠다 주며 시중을 들어주었다. 접종 2일 차 아침에 깜짝 놀랄 일이 벌어졌다. 양쪽 팔에 빨갛게 발진이 생겨 볼 수가 없을 정도였다. 밤새 스멀스멀 가렵더니 일이 일어난 것이었다.

벌겋게 된 팔에는 좁쌀 알갱이처럼 빨갛게 돋아 가렵고 열도 화끈화끈 났다. 얼음주머니로 찜질을 하면서 마음이 불안하여 아무 것도 할 수가 없었다. 의원으로 연락하니 얼른 오라고 했다. 의원에 도착하여 진료를 받았지만, 원인을 규명할 수 있는 뾰족한 방법도 없이 일반적인 알레르기 처방을 해줄 뿐이었다. 팔에 피운 붉은 꽃은 없어질 기미를 보이지 않았다. 2주 동안 주사를 맞고 약을 먹었어도 그대로다. 2주가 지난 후에야 먹는 약과 함께 바르는 연고를 처방해 주었다. 3일 정도 약을 먹으며 연고를 바르니 가려움증이 덜하고 차츰 열도 내려가는 기분이었다. 꼬박 6주를 고생하고 나니 팔에 피웠던 붉은 꽃이 서서히 없어졌다.

겨우 안도의 숨을 쉬며 조금씩 마음이 편해질 무렵 또 변종의 바이러스(오미크론)가 출몰하여 마음을 불안하게 했다. 결국 2차 접종 후 3개월 경과자는 무조건 3차 접종을 하라는 것이었다. 말만 들어도 가슴이 답답하며 불안했다.

가까운 주변 사람들이 하나둘씩 접종을 하고 남편도 접종했다. 모두 무탈하게 잘 넘어갔다. 그래도 불안은 여전하여 아들도 딸도 더 기다려 보자고 하였다. 하루가 다르게 점점 확진자와 사망자가 늘어나고 2차 접종자도 확진이 되는 상황이 되면서 육십 세 이상 고령자의 접종을 권고하며 공공장소 입장 제한 규제가 나오기 시작했다. 지금은 2차 접종이면 되지만 앞으로 얼마 가지 않아 3차 접종이 선택이 아닌 필수가 될 테고 점점 활동 영역이 줄어드는 느낌이며 외출하는 것도 무서워졌다. 집안에만 있으면 되지 뭐 했는데 어떻게 집안에만 있을 수 있단 말인가.

12월이 며칠 남지 않았다. 3차 접종을 한다는 것도 안 한다는 것도 모두 걱정이다. 모든 것이 순간에 일어날 수 있는 일인데 하는 생각으로 고민을 하다가 의원으로 전화를 했다. 통화 중이었다. 다시 전화하기를 네 차례 통화가 되지 않았다. 순간 맞지 말까 생각을 하며 한참을 고민하다가 다시 전화했고 예약이 되어 접종하러 갔다. 잠시 기다려 접종이 끝났다. 접종만으로는 끝이 아니라 불안은 계속되었다. 언제 무슨 일이 일어날지 모르기 때문이다. 내일 아침 일상으로 돌아올 수 있을지도 겁이 났다. 조금 자유롭게 살려고 어떻게 될지도 모르는 순간에 내 인생을 맡긴 날, 병원에서 돌아오는 길은 찬 바람도 불지 않고 포근했다.

시간이 지나면서 달걀만큼 부어오른 팔에 통증이 심하고 열이 나기 시작했다. 해열제를 먹고 마음 편하게 쉬었다. 모든 것이 잘될 거라는 자신감을 가지고 말이다.

행복은 어디에

'사는 게 뭐 별거 있더냐. 세상살이 뭐 다 그런 거지 뭐' 유행가 가사처럼 인생살이에는 등위를 매길 수가 없다고 생각한다. 삶에는 원칙도 없고 방법도 없고 그냥 살아가는 것은 아닐까.

돈이 많은 사람도 많이 배운 사람도 돈이 없는 사람도 배움이 적은 사람도 사는 것은 다 거기서 거기다. 돈이 많아서 더 행복하고 공부를 많이 해서 더 행복한 것이 아니라는 생각이다. 그 사람들 아니 가족들의 노력에 차이가 있는 것으로 생각한다. 어느 집은, 많이 배우고 돈도 많은데 가족 모두 불행하다고 느끼고, 또 다른 집은 돈도 없고 남들이 보기에는 정말 희망이 없어 보이지만 늘 웃음이 끊이지 않고 행복해 보인다. 각자 삶의 방식에 차이가 있는 것이고 마음먹기에 달렸다고 생각한다. 행복한 가정이란 돈으로 거래할 수 없을 것이다. 즉 돈을 주고도 살 수가 없다.

친구가 찾아왔다. 그 친구는 나와 친하지도 않고 그저 얼굴만 알고 있는 여고 동창생으로 실제 학교에 다닐 때는 말 한마디도 해보지 않은 친구가 맞을 것이다. 보험설계사로 보험 가입을 권하러 찾아온 것이었다. 당시 이천 년 초반 억대 연봉을 받는 보험설계사가 되어 신문에도 크게 보도된 적이 있었다.

그런 친구는 삶이 행복하지 않다고 했다. 하물며 집에 들어가면 불행하여 살고 싶지 않을 정도라고 했다. 돈 때문에 다니던 직장을 그만두고 새로운 보험설계사라는 직업을 선택하여 돈을 많이 벌면 행복할 줄 알았는데 아니라고 했다. 고객들을 만나 활동하다가 늦게 집에 들어가면 집안에 남아있는 가사가 부담스럽고 짜증이 난다고 했다. 아내의 퇴근이 늦으니 남편과 두 아들의 외출이 잦아지고 외출 시간도 길어지며 결국 집에 일찍 들어오는 가족이 아무도 없었다고 했다. 비싼 돈을 주고 마련한 집은 가족 전체의 잠자리 역할 외에는 하는 구실이 아무것도 없었단다. 친구는 돈은 많으니 남편에게 골프 장비 일체를 사 주면서 나만 기다리지 말고 골프를 배우라고 했단다. 남편 역시도 처음에는 골프가 대중화되지도 않았고 자랑거리가 되었던 터라 좋아하더니 시간이 지날수록 짜증이 심해지고 다 싫으니 아내에게 일찍 집에 들어오라고 하더란다.

문제가 무엇일까? 친구는 고민에 빠져 이야기했다. 내가 생각하기에는 매우 풀기 쉬운 간단한 문제였다. 가족 모두가 함께하는 시간이 없으니 돈 주고도 살 수 없는 가족 간의 대화가 전혀 존재하지 않는 것이었다. 함께하지 않으니 집이 재미없고 심심하고 가족은 각자 자신들의 재미와 즐거움을 찾아 밖으로 밖으로 향하게 되었던 것이었다.

친구의 이야기를 듣던 나는 행복은 담 밖에 있는 것이 아니라 집 안에 있는 것이라고 하며 친구에게 먼저 집으로 들어가 보라고 했다. 의외로 친구는 집에 들어가면 짜증이 나고 신경질이 난단다. 가족이 모두 그렇게 생각하면 집은 누가 지킬 수 있을지 생각해 볼 일이었다. 그렇게 돈을 쫓아다니는 친구의 모습이 안타까웠다. 아내가 없는 온기 없는 집이 남편도 아들들도 싫었던 것이었다. 그것을 친구만 모르고 있었다.

친구는 스스로 문제점을 다 이야기했다. 이십 년도 넘게 살아온 남편이 사랑스럽고 좋다고 하는 나를 부러워하면서 고객과 약속이 있다고 돌아갔다. 2주 후 친구가 와서 하는 말, 자신이 집에 일찍 들어가 저녁 준비를 했더니 며칠 지나지 않아 남편이 일찍 들어오기 시작했고 이어 두 아들도 일찍 집으로 들어오기 시작했단다. 가족들이 모두 일찍 집에 들어오기까지는 그리 긴 시간이 걸리지 않았단다. 남편이 일찍 집에 들어오니 한 번 더 바라보게 되고 예뻐지기 시작했단다. 얼마나 다행한 일인지 모르겠다.

행복은 멀리 있는 것이 아니라 항상 내 가까이에서 나를 쫓아다니는 것이 행복인 줄도 모르고 모두 행복을 찾아 마라톤을 하고 있다. 제일 먼저 엄마가 집 밖으로 뛰고, 그 뒤에는 또 다른 행복을 찾아 아빠가 뛰고, 그다음엔 자녀들이 뒤를 따라 뛰고 있다. 무조건 앞만 보고 달리면 행복은 더 멀리 달아나고 가족 간에는 대화도 정도 점점 멀어지며 결국엔 가족 모두가 지쳐 서로에게 생채기를 내고 만다. 상처가 깊어지면 서로 치유할 수가 없게 될 수도 있다고 생각한다.

행복은 달리기가 아니다. 행복은 안주하는 것이다. 가족 모두가 서로를 위하여 양보하고 희생하고 배려하는 삶이 만들어내는 것이 행복이 아닐까. 가족 간에 이기고 지는 승부가 어디 있을까. 어머니의 마음가짐은 가족을 사랑하고 모두를 화합시킬 수 있는 원동력이 된다고 생각한다. 그렇다고 어머니의 모든 것을 버리고 희생하라는 것은 아니다. 어머니가 한 걸음 물러서고 양보한다고 지는 것이 절대 아니라는 생각이다. 어머니가 한 걸음 양보하면 아버지가 따라오고 서로의 양보와 인내가 가족 모두의 행복을 쥐고 있는 것은 아닐까 하고 생각해본다.

삶은 그런 것 같다.

서로를 욕하고 할퀴면 상처만 남고 속상하고 아프지만, 서로를 배려하고 칭찬하면 더 큰 기쁨과 희망이 내게 온다는 것이다. 행복한 가정을 위해서는 아내의 고집도 경제력도 다 필요 없고 그냥 아내인 것이 최고라고 생각한다. 아내 아니 어머니의 역할에 따라 가정의 행복은 항상 우리 집 안에서 나를 쫓아다닌다. 행복은 내가 만들어 먹는 요리처럼 스스로 만드는 것이며, 행복은 내일이 없는 것이다. 지금 이 자리에서 행복하면 내일도 행복하리라 믿기 때문이다. 돈을 많이 버는 행운은 가끔 오지만 행복은 늘 온다. 나 하나의 생각으로 가족 모두가 행복해지는 것을 대물림했으면 좋겠다.

속으로 울었다

12월의 찬바람이 창문을 친다. 윙윙 소리를 내며 안으로 들어오려고 하는 것 같았다. 유난히 춥고 눈이 많이 왔던 겨울이었다. 그해 건강검진을 받은 이후의 삶은 살얼음판을 걷는 느낌이었다. 실의에 빠진 남편 얼굴을 쳐다볼 수조차 없었다. 나는 억지로 웃으며 속으로 울고 있으니 밝은 표정이 될 수가 없었다. 유난히 슬픔이 많아 혼자 삭히기에 힘들었던 남편인지라 내 마음은 더 아팠고 더 슬펐다. 남편에게 어떻게 해야 하는지 알 수가 없었다. 억지로 씩씩하게 웃고 밝은 표정을 지어야 하는 것은 더는 하고 싶지 않았다.

지금 순간이 무섭고 힘들기 때문이다. 건강검진 결과는 믿고 싶지 않을 만큼 최악이고 충격적이었다. 평소 아무런 증상도 느끼지 못했기에 내 몸속에서 무슨 일이 일어나고 있는지 알 수가 없었다. 결과를 보러 갔을 때 의사가 한 첫마디가 내일이라도 빨리 수술받아야 한다고 했다. 잠시 아무 말도 못 했었다. 검진센터의 의사가 안내한 병원으로 가서 다시 초음파 검사를 받았다. 나의 딸과 아들이 세상 구경을 나오기 전 엄마와 교감하며 지냈던 곳으로 여성의 상징인 자궁 속에 10cm가 넘는 큰 근종이 두 개나 들어있다는 것이었다. 놀라웠다. 이미 생긴 지가 오래되어 많은 변성을 일으키고 있단다. 악성의 종양처럼 모양도 많이 변했고 석회화도 진행되어 울퉁불퉁 뿔이 난 도깨비방망이 같다고 했다. 나를 안심시키려는 의사는 그것만 들어내면 된다고 하면서 간단하다고 말했다. 그 자리에서 최대한 빠르게 수술 날짜를 잡았지만 난 무서워서 떨고 있었다. 남들은 연말을 바닷가에서 보낸다. 해맞이하러 간다는 새해맞이에 부풀어 있는데 우린 연말연시를 계획도 없이 병원에서 보내게 되었다.

겉으로는 괜찮을 거야 하면서 웃고 있지만 속은 까맣게 까맣게 타고 있었다. 겁이 나고 걱정이 되어 입맛도 없었다. 밥도 먹기 싫은데 남편의 마음을 조금이라도 안심시키려고 억지로 먹고 편안한 척하는 것도 힘이 들었다. 남편의 마음을 헤아리면서 나도 위로받고 싶었는데 날 위로해 줄 사람은 아무도 없었다. 걱정할까 봐 형제들에게도 이야기하지 못하고 무섭기만 했다. 돌아가신 어머니가 보고 싶었다. 산소에라도 다녀와야 마음이 편할 것 같은데 수술 전에는 시간 내기가 쉽지 않을 것 같았다.

아무것도 모르고 있을 때보다 알고 나니 몸이 많은 이상 신호를 보내고 있는 것 같았다. 안 아프던 허리도 아팠고 가슴도 답답하고 소화도 잘되지 않았다. 그뿐만 아니라 화장실 출입도 잦아지고 배는 점점 불러 지며 마치 임신하여 만삭 때처럼 힘이 들고 피곤하기도 했다.

지금 생각해보니 5년쯤 전 전조증상도 없이 달거리가 끝났을 때가 원인이었나보다. 그땐 나이가 나이니만큼 자연스러운 폐경이라고 생각했는데 자궁에 근종이 생기면서 몸이 임신처럼 반응하여 월경이 중단되었었나 보다. 그것도 모르고 난 폐경이라고 좋아했다. 폐경이었어도 한 번쯤은 병원엘 다녀왔어야 했는데 병원에는 갈 생각도 하지 않았다. 직장 일이 바쁘다 보니 겉으로 아프지 않으면 병원엔 갈 생각도 하지 않았었다. 폐경은 내 몸의 가장 큰 변화이며 전환점인데 그걸 챙길 생각을 하지 못했다.

이제 수술 날이 사 일 남았다. 병원에 갈 준비를 차근차근했다. 앞으로 세 시간 후면 난 수술대에 올라 있을 것이다. 그때 전화가 왔다. 병원이다. 세 시간이나 빨리 병원으로 오라고 했다. 예약 시간보다 앞당겨진 것이다.

병원에 도착하자마자 수술실로 갔다. 남편과는 인사도 못 했다. 가족 중 누구도 큰 수술을 받아보지 않은 경험을 처음으로 마주하게 되었다. 정말 씩씩하게 잘 참고 견딜지 모르겠다. 아니 잘 견딜 것이다. 요즘은 복강경수술로 간단하게 하는데 나는 근종의 크기도 너무 크고 두 개씩이나 들어있어서 복강경수술로는 쉽지 않다고 하여 개복하기로 하였다. 두 시간이면 됩니다. 편안하게 주무신다고 생각하라고 했다.

사지가 떨린다. 추위도 너무 춥다. 이와 이가 부딪쳐 딱딱 딱 소리가 나도록 추웠다. 내가 의식을 찾은 시각은 오후 6시가 되었다. 깨어나기는 했지만, 너무 춥고 몸을 움직일 수가 없었다. 수술실에서 나온 차가운 아내의 모습을 혼자 쳐다보며 5시간을 기다린 남편의 모습이 상상되었다. 미안했다. 하지만 이젠 되었다. 수술도 잘 되고 나도 깨어났으니 회복만 잘 되면 된다고 생각했는데 그게 다가 아니었다. 떼어낸 근종 덩어리가 악성인지 확인하기 위하여 검사 의뢰했단다. 그 결과가 나오기까지는 마음을 놓을 수가 없는 상황이었다.

아침 회진을 온 의사의 표정이 밝다. 회복이 빠르고 모든 경과가 좋으니 내일 퇴원해도 된다고 하면서 검사 결과가 음성이라고 이야기했다. 기분이 좋았다. 너무 좋아서 이 기쁨을 누구에겐가 이야기하고 싶은데 속으로 넘기며 입원실 작은 창문을 열었다. 세찬 바람에 함박눈이 내리고 있었다.

병원 뒤의 낮은 건물 위로 눈이 내려 쌓인다. 입원한 지 일주일 이제야 건물 뒤의 궁핍한 삶을 살고 있는 모습이 보였다. 마치 진찰에서부터 수술까지의 어둡고 힘들었던 시간 몰래 혼자 울며 보냈던 내 모습 같았다. 이젠 모두 끝이 났다.

　남편을 마주하며 속으로 우는 시간이 다시는 필요하지 않았다. 한참 동안은 크게 웃을 수도 없고 큰 소리로 말을 할 수도 없었지만 금방 건강해진 것 같아 행복했다.

삼 남매의 투병 생활

누군가 지구의 반대편에서 불을 때고 있는 듯 전국이 35도를 오르내리는 찜통더위다. 새벽 걷기 운동을 하고 집으로 돌아오니 남편은 누군가와 통화 중이었다. 내가 들어서자 아무 말도 없이 불쑥 전화기를 내밀었다.

받아 든 전화기 저쪽에서는 가느다란 흐느낌만 들렸다. 감이 너무 멀게 느껴졌다. 이렇게 일찍 누구일까 생각하다가 금방 온몸에서 힘이 쭉 빠져 전화기도 겨우 잡고 있었다. "형님, 췌장암이래요. 어떡해요." 눈앞에 보이지는 않아도 너무도 선명하게 그려지는 동서의 얼굴에 난 눈물도 나지 않았다. 기가 막힌다는 말이 이럴 때 하는 말인 것 같았다. 새벽에 날아든 비보는 남편의 말문을 막았고 온 집 안에 어두운 그림자를 깔았다.

우리 인체에 생기는 암은 종류도 많지만, 어느 곳에 생기든 아직도 쉬운 것이 없다. 과학과 의술이 고도로 발전한 지금도 그것을 따라잡지 못하고 병원의 진단 결과에 따라 일단 좌절감에 먼저 빠지고 만다. 그렇게 많은 종류의 암 중 쉽게 자신을 드러내 치료를 가능하게 하는 암이 있는가 하면 종양이 자라서 손을 쓰기 힘들게 될 때까지 인체에 숨어 있으면서 인간을 괴롭혀 예후를 나쁘게 만드는 암도 많이 있다.

그중 초기 진단이 힘들고 완치 확률도 낮다는 췌장암이라니, 삶이 얼마나 힘들고 얼마나 많은 스트레스를 받으며 생활했으면 그 몹쓸 암 덩어리가 서방님의 몸에 똬리를 튼 것일까. 언제 어떻게 몸속으로 들어와 동거를 시작했는지는 아무도 모른다. 본인은 물론 누구도 상상조차 하지 못했던 일이기 때문이다.

모든 암이 그런 것은 아니지만 초기 검사로 발견하여 수술로 성공하는 환우들도 많으니 최선을 다해보자고 동서를 위로하며 전화통화를 마쳤다. 전화기를 내려놓기도 전에 흐르는 눈물을 주체할 수가 없었다. 서방님을 비롯하여 동서와 조카들까지 얼마나 놀라고 힘들고 마음이 아플까 상상조차도 힘들었다. 소식을 들은 시누이는 울고불고 일주일이 넘고 한 달이 지나고 1년이 지난 지금도 오빠를 생각하며 울고 있다. 환자인 오빠 앞에서는 울지도 못하고 돌아서면 솟구치는 눈물을 감추려 애쓴단다.

일찍 부모님이 돌아가시고 서로가 보듬고 기대며 각자의 직장에

매어 슬픔으로 힘든 시간을 보낼 때 서방님은 더 많이 아팠다. 군복무 중 어머니가 돌아가시고 전역하여 돌아왔을 때는 돌아갈 집조차도 없었다. 어머님 돌아가시고 관리가 힘들어 부모님의 체취가 남아있던 집까지 눈물을 머금고 처분해야 했다. 형제들의 구심점이 없어지게 된 것이다. 그때의 기분이 어땠을까, 하늘이 무너진 듯 캄캄했을 것이라고 감히 생각만 해볼 뿐이다. 남편은 남편의 직장이 있는 곳에서 시누이는 직장이 있는 서울에서 생활했고 전역한 서방님은 군대에 가기 전 다니던 회사에 복직했단다.

　서방님은 회사가 경제적으로 힘들어졌을 때 그 회사를 인수하여 경영했다. 자수성가의 표본이었다. 그랬기에 난 서방님을 믿는다. 힘들게 살았던 젊은 시절의 결단력 있는 마음으로 그 몹쓸 병을 이겨낼 것이라고. 가난을 이겨냈던 서방님만의 젊음과 패기와 용기는 병마도 함부로 범접할 수 없다고 생각한다.

　벌써 일 년이 되었다. 지금까지 2주에 한 번씩 항암 주사를 맞으며 견뎌내고 있다. 매번 주사를 맞을 때마다 혈액검사를 통하여 환자의 건강 상태가 약물의 무게를 이겨낼 수 있는지 확인한다. 때마다 백혈구와 적혈구, 혈소판 등 그들의 수치에 따라 치료를 할 수 있는지 없는지 결정이 된다고 한다. 항암 주사를 맞고 나면 먹고 싶어도 먹을 수 없는 상황이지만 지치고 힘들어도 살아야겠다는 일념과 다음 치료를 위하여 억지로 먹어가며 하루 5㎞가 넘는 거리를 걸으며 잘 견뎌 주고 있다. 사람이기에 치료 횟수가 늘어날수록 차

즘 몸이 힘들어지고 약해져 혈액에 변화가 일어나 주사 맞는 것이 미루어지는 일도 잦아졌다. 주사 맞은 후의 구토와 고통은 이루 말할 수 없겠지만 가족을 배려하여 참는 미련함까지 보였다. 서방님의 의지와 치료로 암 덩어리는 크기에 변화가 없이 얌전하게 있단다. 1년이 되어가면서 예후가 크게 나쁘지 않으니 지친 몸을 쉬었다가 다시 치료를 시작하자는 병원 진단이 나왔다. 금방 다 나은 것처럼 기분이 좋았다. 그렇게 좋은 기분도 잠시 서방님은 평소에 없던 통증을 호소하기 시작했다. 예약 날짜를 기다릴 수가 없어 바로 병원을 찾았고 항암치료제를 바꾸어 치료를 시작했다. 치료제에 대한 내성 등을 생각하여 바꿔 보려는 요량으로 잠시 쉴 생각이었나 보다. 췌장암은 어떤 암보다도 치료제에 대한 내성이 빨리 나타난단다. 그렇게 힘든 시간을 잘도 견디고 있다.

처음 췌장암 판정을 받던 그 날부터 삼 남매는 함께 투병 중이다. 환자인 서방님이 병원에 가는 날이면 남편은 불안해진다. 몸은 가지 못해도 마음은 온통 병원에 가 있다. 말도 하지 않고 밥도 먹는 둥 마는 둥 초조한 마음이 역력한 얼굴에 눈은 초점을 잃고 멍한 상태로 있다. 옆에서 남편을 보면 환자인 듯 착각을 하게 한다. 남편의 가슴속을 뉘라서 알 수 있을까. 말을 하지 않으니 그 마음을 알수가 없다. 때론 야속할 때도 있다. 내가 아내이기는 한가 생각하면 서운하지만 말 못 하는 남편의 마음을 충분히 이해할 수 있다. 시누이는 서방님이 병원에 올 때마다 병원으로 간다. 병원에서 함께 기다리며 오빠에게 뭐든 조금이라도 더 먹게 해보려고 애를 쓰며 눈물로 시간을 보내고 있다. 모두가 사그라드는 불꽃을 새로 피우려는 일념으로 마음을 모으고 있다.

더위가 기승을 부리던 7월 마지막 날 서방님을 만나러 병원으로 갔다. 새벽에 눈을 뜨니 가슴이 떨린다. 자주 올라가 보지 못해 마주하는 것이 더 겁이 났나 보다. 차 안에서도 내내 기도를 하며 병원에 도착했다. 마주함의 반가움보다는 살아있다는 안도의 깊은 호흡이 먼저 쏟아졌다. 하지만 서방님의 얼굴은 똑바로 볼 수가 없었다. 뜨거운 눈물이 볼을 타고 흐르기 때문이다. 억지로 진정하고 동서의 손을 잡았다. 씩씩했던 동서도 많이 가라앉은 느낌이었다. '긴 병에 효자 없다'라는 말처럼 날마다 고통스러워하는 모습과 시시각각 변하는 얼굴을 보고 있으려니 얼마나 힘들까 생각해보았다. 내가 해줄 수 있는 것은 말뿐이라고 생각하니 더 가슴이 미어지게 아팠다. 정말 해줄 수 있는 것이 아무것도 없는 것일까? 보고 있는 것 자체가 고통이었다.

눈물이 있어도 흘리지 못하고 감추고 있는 남편을 볼 때마다 가슴이 너무 아프다. 아무도 볼 수 없는 눈물을 나만 느낄 수 있으니 내 가슴 속에서는 피눈물이 흐른다. 서로가 눈으로만 말하며 삼 남매는 같이 투병 중이다. 난 믿는다. 삼 남매의 힘으로 이겨내 마음의 평화를 이루어낼 것으로 생각하며 오늘도 살아있음에 감사한다.

어느 할머니의 탄식

텔레비전을 켰다. 시뻘건 불길이 산 위로 기어오르는 것이 보였다. 10시간이 넘도록 홍성에 산불이 타고 있단다. 산 골골에 불길이 치달으며 바람을 타고 산꼭대기를 향하고 있다. 오전에 시작된 산불은 불길이 잡히는 듯하다가 살아나기를 수도 없이 반복하며 어둠이 내려앉았다. 겨우 도화선을 막으며 날이 밝기를 기다리고 있는 소방관들의 가슴도 보이지 않는 불길에 타들어 가고 있을 것 같았다.

전국적으로 산불 소식이 어느 해보다 많아 내 가슴도 함께 타들어 가는 봄이다.

어릴 적 식목일이 되면 산과 들에 나무를 심고 나무의 씨앗을 받아 산 잘린 땅이나 공사장 주변에 뿌리며 가꾸었다. 작은 힘이지만 보태어 숲을 가꾸었기 때문에 산에 불이 났다고 하면 어렸을 적 나무 심던 생각에 안타까운 마음이 들어 가슴이 아프기도 하다.

하루가 지났지만 홍성의 산불은 여전히 타고 있다고 한다. 강풍의 기세에 꺾일 줄 모르는 불길은 속수무책으로 치달아 불안감이 더했다. 가뭄으로 바싹 마른 산에 강풍까지 불고 있으니 헬기로 쏟아붓는 물로는 턱도 없었다. 잠시 쏟아지는 물에 죽은척했던 불길은 다시 일어나 춤추듯 살아 올랐다. 어린 시절 약을 올리고 달아나는 친구의 뒷모습 같아 더 얄미웠다. 강풍에 날리는 불길은 거침없이 달려 주변의 집과 농장, 축사까지 삼켰다. 금방 뛰쳐나온 내 집이 눈앞에서 불길에 휩싸여 지붕이 내려앉는 것을 보며 발을 동동 구르다 망부석처럼 서 있다. 축사의 소들이 들이닥친 화마의 열기에 이리 몰리고 저리 뛰며 울부짖을 때 귀를 막으며 안전을 위한 안내에 이끌려가면서도 자꾸 뒤를 본다. 불지옥이 이런 상황일까? 입이 있어도 말할 수 없었다.

인력으로는 한계를 느끼고 있을 때 비가 온다는 뉴스다. 모두 지친 마음에 기다리고 있는 듯했다. 작은 양의 비였지만 밤새 내렸고 결국 3일 만에 홍성 산불의 큰 불길이 잡혔다. 비에 젖어 타오르던 불길은 꺼졌지만 여기저기 연기는 여전히 피어오르고 있다.

이재민들은 마을회관이나 주변 학교 강당 등에 임시거처가 정해졌지만 삼삼오오 허탈하게 멍하니 서 있을 뿐이었다. 다리 한번 길게 뻗지 못한 어르신들은 옹기종기 앉아서 밤을 지새웠다. 옷 한 벌도 가지고 나오지 못한 이재민들의 생활이 당장 걱정이었다. 어떻게 시간을 보낼 것이며 농사 준비는 어떻게 할지 미래까지 없어진 느낌이다.

불길이 잡혔다는 소식에 이재민 보호소에서 뜬눈으로 밤을 지새운 할머니는 한달음에 집으로 돌아왔다. 화마가 휩쓸고 가 아무것도 남은 것이 없는 마당에서 고스란히 내려앉아 재만 남은 집을 본다. 부엌 자리에는 녹아내린 냄비가 검은 그을음을 쓰고 대접들과 뒹굴며 참혹했던 순간을 말하고 있는 듯했다.

깊은 한숨에 눈물마저 잃고 있던 할머니는 22살에 이 집으로 시집와서 64년을 살았단다. 오 남매를 낳고 기른 집이 흔적도 없어지고 가족의 추억이 모두 불에 타 없어졌으니 망연자실이다. 목이 멘 할머니의 마지막 말은 2년 전 돌아가신 할아버지의 영정사진을 가지고 나오지 못한 것이 제일 가슴이 아프다고 했다.

할머니의 사랑이 한꺼번에 재가 된듯하여 내 가슴도 재가 되어 무너져 내리는 것 같았다. 이제 불러도 할아버지가 다시 올 수 없으니 어떻게 할까 하며 눈물을 훔치셨다. 60년이 넘게 해로하신 할머니의 사랑이 허탈하게 불길처럼 하늘로 오르는 것 같았다. 가늘게 내리는 비는 우산도 없는 할머니의 온몸으로 스며들었다. 불에 탄 집 자리를 보는 할머니의 탄식은 비에 젖어 힘없이 내려앉는 재티 같았다. 할머니의 깊은 한숨에 어디서 왔는지 검둥강아지 두 마리가 꼬리를 치며 달려든다. 할머니를 보더니, 온몸에 묻은 물기를 털어내고 꼬리를 치며 반가워한다. 집으로 불이 옮겨붙었을 때 목줄을 풀어 준 할머니의 개였다. 자세히 보니 검은 개가 아니라 하얀 개였다. 얼마나 필사의 노력으로 화마를 피했으면 흰털이 저 지경이 되었을까. 가슴에 돌덩이 하나가 더 얹힌다. 양팔로 개를 껴안은 할머니는 이쪽저쪽으로 얼굴을 비비며 반가워했다. 할머니와 떨어진 개도 할머니처럼 불안하고 무서웠을까, 눈앞에 닥친 화마를 보며 어떻게 했을까. 할머니의 낮은 탄식과 한숨을 알아차린 두 마리 개가 신기했다.

넓은 강당 안에서 작은 천막을 한 개씩 얻은 이재민들은 언제쯤 집으로 갈 수 있을까? 지난해 울진의 산불로 집을 잃은 이재민들도 아직 각자의 집으로 돌아가지 못한 가족들이 있다고 하는데 이제 당한 이재민들의 보금자리가 요원하게 생각되어 더 마음이 쓰이고 아리다.

텔레비전 화면의 물기 젖은 산에는 아직도 연기가 피어오른다. 이재민들의 땅이 꺼질 듯한 한숨 소리가 들리는 듯하다. 무어라 위로할 수가 없다. 더욱이 아수라장이 된 참혹한 현실에 할 말이 없었다. 할머니의 힘없는 탄식은 할아버지와 가족에 대한 사랑이라 더 가슴이 먹먹하기만 했다.

3부

똥 묻은 상장

개구쟁이들로 시끄럽던 마을은 고적하기 그지없었다. 아니 마을이 졸고 있는 듯했다. 조용한 골목에서 아기 울음소리가 사라진 지 오래다. 어릴 적 동생을 등에 업고 고무줄놀이하던 친구 모습이 그려졌다. 진달래 곱게 피던 고향의 산과 들, 마을까지도 그대로인데 골목을 달리던 동무들은 어디로 갔을까?

-〈내 고향 열두각골〉 중에서

청솔가지 스키

함박눈이 내린다. '까르르 까르르' 청아한 웃음소리가 허공에서 들린다. 어릴 적 고향의 추억이 활동사진처럼 지나갔다.

눈이 내려 소복소복 쌓이는 날이면 약속도 없이 타작이 끝난 볏짚을 한 단씩 안고 뒷동산 할아버지 산소로 모여 누가 먼저랄 것도 없이 미끄럼 타기가 시작되었다. 그때는 산골이라 플라스틱 썰매가 없었다. 그냥 볏짚 한 단이면 충분했다. 전기도 들어오지 않아 등잔불을 켜고 살았던 그 시절엔 볏짚 썰매도 호사였다. 엉덩이에 볏짚을 깔고는 두 손으로 알곡이 털려 나간 이삭 부분을 움켜잡고 미끄러져 내려갔다. 쏜살같이 내려가 소나무와 부딪쳐 이마에 혹이 생겨도 깔깔깔 거리며 손으로 쓱쓱 문지르고 다시 올라와 또 타고 내려갔다. 해가 저물어 집집마다 굴뚝에서 연기가 피어오르면 모두 집으로 돌아갔다. 빨간 코르덴바지며 양말이 모두 젖은 채로 집으로 가서 어머니께 꾸중을 들어도 재미있는 것을 어쩌겠는가.

중학교 입학시험을 보던 날도 눈이 많이 내렸다. 체육 실기 시험을 볼 때 눈 위를 양말 발로 달리던 친구도 있었다. 난 새 양말이 아까워서 눈이 신발 속으로 들어갈까 봐 달리기도 제대로 하지 못했던 기억이 났다.

중학교에 입학한 후에는 매일, 이십 리가 넘는 산 고갯길을 걸어 다녔다. 덥고 비가 내리는 날은 고개 넘는 것이 너무 힘들었다. 겨울이 오면 추워서 더 싫었지만, 눈이 내리는 날은 추워도 신이 났다. 드디어 청솔가지 스키 시대가 왔기 때문이다. 학교에서 종례가 끝나자마자 서둘러 집으로 갔다. 처음엔 눈이 많이 내릴까 봐 걱정하며 서둘러 가다가 고갯마루에 오르면서 마음이 달라졌다. 한 걸음이라도 빨리 갈 수 있는 지름길로 가려면 마음이 바뀌어 초등학교 때 볏단 썰매를 타던 실력으로 이번엔 솔가지를 타고 내려가기로 했다. 누가 먼저 내려가는지 청솔가지 스키 타기 시합이 벌어졌다. 우리보다 먼저 책가방이 시합한다. 제일 멀리 가는 책가방의 주인이 제일 안전한 자리를 차지하게 되었다. 아무래도 길의 가운데가 넘어져도 덜 다치기에 각자 자리를 잡는 방법으로 책가방들의 시합을 먼저 펼쳤다.

"준비 시작" 일제히 책가방을 힘껏 밀어 아래로 던져 보냈다. 이걸 어쩌나 중간쯤에 걸린 책가방도 있고 길 끝의 굽은 곳에서 논으로 들어간 책가방도 있다. 나는 단연코 일등이라 제일 좋은 자리를 차지했다. 이제 청솔가지를 타고 우리가 비탈길을 내려갈 차례다. 길의 중간 제일 좋은 위치에서 내려가던 친구가 발 조절을 잘못하여 그만 논으로 날아가 얼음이 깨져 빠졌다. 빠진 발을 꺼내 올라와 보니 신발 속에서 미꾸라지 한 마리가 나왔다. 추위에 영문도 모르고 따라 올라온 미꾸라지는 꼬리지느러미를 몇 번 흔들더니 이내 멈춰버렸다. 미꾸라지에게는 미안했지만 우리는 신발이 진흙탕에 빠졌어도 더없이 즐거웠다. 사춘기 소녀들의 해맑은 웃음소리가 흰 눈을 타고, 하늘로 올라갔다.

쉽게 언덕을 내려왔지만, 우리 동네까지 가려면 아직 반도 더 남았는데, 물에 빠졌으니 어떻게 가야 할지 모르겠다. 가방 속의 잉크가 모두 쏟아져 책이며 공책이 잉크 범벅이 되었다. 잉크에 젖은 것은 말리면 되지만 잉크 살 돈을 어떻게 달라고 해야 할지 걱정이었다. 발이 진흙탕에 빠지고 잉크가 모두 쏟아졌어도 그때의 추억은 돈 주고도 살 수 없는 멋진 그리움이 되었다.

문득 비나 눈을 맞으면 머리가 빠져 대머리가 된다며 집안에서만 놀고 있는 조카 손주들이 생각났다. 그저 집안에서 딱딱한 기계와 마주하여 영어 단어를 외우며 생활하고 있었다. 기계처럼 메마른 감정 속에서 인간미 없는 기계 인간처럼 살고 있다는 생각이 들었다. 영어 단어 한 개 모른다고 인생의 낙오자가 되지는 않을 것으로 생각했다. 어느 초등학교에서 오래전 있었던 일이다. 엄마라는 말도 배우기 전부터 영어를 가르치고 배우다 아버지를 따라 유학했던 아이가 초등학교 고학년이 되어 돌아왔다. 돌아온 아이는 국어를 제대로 하지 못하여 부적응 증상이 나타나 정상적인 학교생활을 할 수가 없었다. 정체성 자체를 잃어 심리상담을 받으며 특수반에서 교육받고 있는 것을 보았다. 부모의 무모한 욕망이 아이의 참 세상을 잃게 한 느낌이었다.

스마트폰이나 게임기 대신 자연과 함께 놀이하는 방법을 배운다면 정신적으로나 정서적으로 얼마나 도움이 될까. 오늘날 학생들은 공부의 굴레와 기계의 노예가 되어가고 있다. 혼자서는 작은 일도 결정하지 못하는 청소년들이 안타까울 뿐이다.

잠시 자연과 함께하는 생활이 필요하지 않을까 하는 생각을 해보았다. 눈 내리는 밤이면 새록새록 자연과 동화되어 놀던 그 시절이 생각났다. 눈이 그치고 나면 뒷산에 올라가 그때처럼 청솔가지 스키를 타 보고 싶다. 집 밖으로만 나가면 재미있는 놀이가 무진장이었던 그때의 즐거웠던 추억은 잊을 수가 없다. 볏짚 한 단과 소나무 가지만 있으면 온종일이라도 놀던 그때 눈 내리던 날이 그립다. 지금도 '하하 호호' 웃음소리가 여전히 하얀 눈이 내리는 하늘에서 들리는 듯했다.

미선나무

봄이면 주변에 꽃나무들이 많은 꽃을 피워 온통 황홀한 세상을 만든다. 그 꽃 중 화려하지도 않고 수수하나 흔하지 않은 미선나무 꽃이 제일 아름답다고 생각했었다.

내가 미선나무꽃을 좋아하게 된 것은 40년쯤 전이었다. 이른 봄 하얗게 눈이 내린 것처럼 꽃이 핀 모습을 보고 잠깐 차를 멈췄었다. 은은한 향기는 물론 온통 흰빛이 선녀가 하강한 듯했다. 천천히 마을 앞을 지나다가 유난히 꽃이 많이 피어있는 집이 눈에 띄었다. 꽃에 이끌려 무작정 그 집으로 들어갔다. 마당 한쪽에서 여러 개의 화분에 거름흙을 담고 있는 주인과 만났다. 처음 보는 꽃에 대한 궁금증들을 무작정 물었다.

이름 모를 정체의 흰 꽃은 미선나무꽃이라고 하며 세계적으로 우리나라에서만 자라는 유일한 종이라고 했다. 이 희귀한 미선나무는 신기하게도 나무가 자라는 자생지가 천연기념물로 지정되어 있단다. 미선나무가 천연기념물이라는 것은 알고 있었는데 나무가 자라는 자생지가 천연기념물이라는 이야기는 처음 알게 된 사실이었다. 사실은 미선나무를 직접 가까이에서 보는 것이 처음이었다. 지금까지 보지 않고 학생들에게 가르쳤구나 생각하니 미안했다.

실제 미선나무가 자라는 자생지는 볕이 잘 드는 산기슭 너덜 지역이 많았다. 다른 나무들이나 식물들이 잘 자랄 수 없는 아주 척박한 곳에서 미선나무는 살고 있었다. 송덕리 자생지를 직접 가서 보면 발조차 들여놓기도 힘든 돌무더기 속에서 자라 봄이면 꽃이 먼저 피는 나무였다. 이 또한 미선나무 자신이 타 수종보다 경쟁력이 낮다는 것을 알고 스스로 선택한 자리는 아니었을까 하고 생각했다. 나는 인간이 삶을 위하여 노력하는 것처럼 식물들도 생존경쟁을 한다고 생각했었다. 미선나무는 다른 나무를 피해 척박한 땅에 살면서 자신을 보호한다고 생각하니 신기하게 느껴지기도 했다.

미선나무의 새로 자란 가지는 다른 나무와 다르게 줄기가 네모진 것이 특징이다. 올해 새로 올라온 새 가지에 가을이 되면 꽃눈이 생긴다. 여리디여린 가지로 꽃눈을 지키며 추운 겨울을 보내고 이듬해 이른 봄이면 작은 꽃들이 핀다. 미선나무꽃은 개나리꽃처럼 네 갈래로 갈라져 피며 크기는 개나리꽃보다 작다. 미선나무는 꽃의 색깔에 따라 이름이 부쳐졌다. 보통 흰 꽃이 피는 하얀미선과 분홍색을 띠는 분홍미선, 상아색 꽃이 피는 상아미선, 꽃받침이 녹색인 푸른미선, 꽃이 둥글게 피는 둥근미선 등 다섯 종류의 꽃이 핀다.

미선나무에서 '미선'은 미선나무의 씨 모양이 미선美扇처럼 생긴

데서 유래가 되었다고 한다. 씨의 모양이 아름다운 부채모양 같다고 하여 붙여진 미선美扇과 물고기의 꼬리 모양을 닮았다고 하는 미선尾扇으로 불리고도 있다.

이렇게 예쁘고 향기 있는 미선나무가 약성 효능까지 가지고 있단다. 항염증제 및 항암제로서 정상 세포에는 영향을 주지 않고 종양 세포의 증식을 억제하는 효과가 있어 암 예방과 치료에도 유용하게 활용된다고 한다.

오래전 남편의 직장동료들이 친목 모임을 만들었는데 모임의 이름이 '미선나무회'다. 우린 봄이면 미선나무 자생지를 찾아 방문했다. 지난해보다 개체 수는 늘었는지 남획한 흔적은 없는지 등등을 살펴보며 나름 미선나무 지킴이를 자청했던 적도 있었다. 그러다가 장연면의 자생지와 가까운 칠성면의 미선나무 마을을 알게 되었다. 그 마을에서는 매년 3월 말이면 하얀 꽃이 만발한 미선나무꽃 축제를 열고 있었다. 눈이 쌓인 것 같은 꽃 대궐 속에 있으면 몸도 마음도 깨끗해지는 느낌이었다.

작은 꽃을 들여다보면 볼수록 신기하기만 하다. 미선나무 마을에서는 제일 먼저 개체 수를 늘리는 방법을 연구하기 시작했다. 물론 씨를 뿌리면 되지만 발아율이 낮아 대량 번식에는 무리가 있었다. 그래서 생각한 것이 쉽고 흔한 방법의 꺾꽂이였다. 쉬운 성공은 아니었지만 몇 년을 반복하여 연구한 끝에 미선나무 꺾꽂이에 성공하여 대량생산을 하게 되었다. 그 후 화분에서도 잘 자랄 수 있게 길러 미선나무를 알리기 위하여 축제 방문자에게 미선나무 화분을 나누어 주었다.

나도 화분을 몇 개 받아와서 학교 현관 앞 화단에 미선나무를 심었다. 잘 자라서 하얗게 미선나무꽃이 피면 압화로 만들어 꽃을 이용한 모양 자도 만들고 책갈피도 만들어 오래 간직할 수 있는 체험 학습을 해보기도 했었다.

올해는 봄 날씨가 유난히 가물고 기온이 높았다. 높은 기온과 햇볕이 미선나무꽃 개화 시기와 꼭 맞아 여느 때보다 꽃이 풍성하게 피었다.

미선나무꽃의 진한 향기 속에 앉아 미선나무 생꽃잎을 넣어 만든 꽃차를 마셔 보았다. 하얀 찻잔 속의 노르스름한 빛깔은 눈의 피로를 풀리게 했고 코로 맡는 진한 향기는 폐부로 들어와 건강해지는 느낌에 신선이 된듯했다. 우리나라에만 있는 미선나무를 더 사랑하고 가꾸어 어디서든 볼 수 있는 꽃이 되었으면 좋겠다. 하얀 눈이 쌓인 듯한 꽃 숲에서 꿈을 꾸는 듯 몽환적이었다. 미선나무꽃의 진한 향기를 가슴 가득 품고 돌아왔다.

내 고향 열두각골

낮은 산 고갯마루에 올라서니 구불구불한 길가에 하얀 살구꽃이 나를 반긴다. 저 아래 그림 같은 작은 마을이 내 고향 항골이다. 괴산읍에 속하는 산골 동네지만 높은 산이 사방을 둘러싸 하늘만 빼꼼히 보이는 동네다. 1년이 가도 자동차 한 대 구경할 수 없었던 그런 산골이었다. 내가 고등학교에 다닐 때까지도 호롱불을 켜고 살았던 곳이다.

온통 산으로 둘러싸여 있으니 작은 산 골골이 소박한 마을들이 자리 잡게 되었다. 그렇게 생겨난 마을은 우리 동네인 항골에서부터 마을 이름 끝에 무조건 '골'자가 붙은 지명이 생기게 된 것이다. 골짜기가 열두 개가 넘어 열두각골이라고 통틀어 말을 했단다. 괴산군에서는 어디를 가든 열두각골에 산다고 하면 어른들은 다 알고 있을 정도였다.

산골의 작은 마을에는 밤이 빨리 찾아왔다. 산골짜기에 땅거미가 내릴 때면 높은 산에는 살금살금 어둠이 짙어지기 시작했다. 어린 마음에 검은 산 그림자가 내려앉는 것을 보고 산이 어둠을 만들어 낸다고 생각했었다. 나만 그렇게 느꼈을까, 높은 산골짜기의 어둠 속으로 빨려 들어갈 것 같아 무서웠다. 어릴 적 작은 키에 높게만 보이던 산들이 지금은 눈높이처럼 느껴진다. 그런 속에서 아침, 저녁으로 북쪽의 높은 산 뒤에서 기적소리가 들리곤 했지만 내가 기차를 직접 본 것은 초등학교를 졸업한 후였다.

친구들과 함께 꿈을 키우며 다니던 초등학교는 학생 수가 줄어 오래전 폐교가 되었다. 낡은 건물의 학교 앞을 지나려니 학예회를 준비하던 6학년 때가 생각난다. 어설프지만 배우가 되어 연극 연습을 하며 같이 울고 웃던 그때의 웃음소리가 뒷산을 넘어가는 듯했다. 그때의 친구들은 다 어디서 무엇을 하고 있을까. 나를 놀리며 도망가다가 창문의 유리를 깨뜨려 선생님께 꾸중을 듣던 그 남자친구까지도 그립고, 보고 싶었다. 오래된 학교 옆을 지날 때 동무들과 함께 부르던 '고향의 봄' 노래가 들리는 것 같았다. 노랫소리에 두리번두리번 잡초가 우거진 학교 운동장에 눈길이 머물렀다. 키 큰 플라타너스만 아직도 빈 교정을 지키고 있었다. 나무도 그 옛날 운동장을 달리던 친구들이 그리울 거다.

어둑어둑 짙은 노을이 갈미봉에 걸린다. 칠흑같이 어두운 산골 동네 거리는 무서웠지만 달이 밝은 밤이면 동무들 여럿이 모여 신작로로 나갔다. 그곳에 모여 달리기도 하고 북쪽의 높은 산을 바라보며 목청껏 노래를 부르기도 했다. 매년 5월이면 열리는 향우반

체육대회를 대비하여 춤추고 노래도 부르며 응원 연습을 하기도 했다. 마을 신작로는 우리의 놀이터이자 꿈을 키우던 장소였다.

봄이면 코스모스 꽃씨를 뿌려 신작로 가장자리에 옮겨 심어 꽃길을 만들었다. 친구들과 힘을 모아 꽃길을 만들고 동네 골목 청소를 하며 보냈던 어릴 적 추억이 그립다. 지금 내 고향 앞길에는 코스모스꽃 대신 봄에 하얀 살구꽃이 핀다. '살구꽃 핀 마을은 어디나 고향 같다'라고 했듯이 내 고향에도 살구꽃이 피어있어 더욱 정이 간다. 하얀 꽃이 핀 살구나무 가지 사이로 언뜻언뜻 친구들의 모습이 겹쳐 보였다.

고향 논두렁 밭두렁에는 아직도 봄이면 냉이와 씀바귀 달래가 지천이다. 냉이를 캐다가 앞산 뒷산에 진달래꽃이 붉게 피면 꽃을 따먹으려고 꽃 숲으로 달려갔었다. 진달래꽃 숲에 문둥이가 있으니 조심하라고 일러주셨던 어른들 말씀이 귀에 쟁쟁한데 그 어르신들은 눈에 보이지 않는다. 어느새 진달래꽃 앞에 서 있던 나는 꽃가지를 꺾고 있었다. 한 가지 들고 점례를 생각하고 또 한 가지 들고 순자를 생각하며 고향 떠나 시집간 친구들을 생각했다. 어떻게 지내고 있을까 날마다 만났던 그 동무들을 오래도록 만나지 못해 더욱 그리웠다. 고향은 언제나 삶의 원천 같은 곳이었다. 그러나 삶의 꿈이 샘솟는 봄에 찾아간 고향은 쓸쓸하고 허전했다. 생동감 넘치고 역동감 넘치는 마을이 아니라 깨끗하게 정리된 그림처럼 인기척이 없었다.

꽃 천지였던 봄이 꽃잎을 떨구며 서럽게 가고 있다. 녹음이 연두각골 산골짜기를 덮고 여름이 깊어지면 뻐꾸기 울고 개구리 노래하며 냇가에서 물장구치던 그때가 그리워진다. 개구리 합창 소리에 달빛 희미한 논으로 들어가 개구리 잡던 기억이 생생하게 떠올랐다. 얼마나 논을 휘저었는지 못자리를 엉망으로 만들어 모두 큰댁 앞마당에 불려 가서 꾸중 듣던 일이 생각나 입가에 웃음이 번졌다.

열두각골 어느 동네를 가보아도 빈집은 늘고 마을의 모양도 많이 바뀌었다. 요즘 아기의 하얀 기저귀가 빨랫줄에서 날리는 집은 한 집도 보이지 않는다. 우리나라 농촌 대부분 마을이 안고 있는 현실이다. 고향마을 돌담의 고샅을 지나려니 친구들과 말타기하던 모습이 희미한 잔상으로 지나간다. 아니 나를 슬그머니 잡는다. 그때 골목을 달리던 꼬마 대장들은 다 어디에서 무엇을 할까 돌아온 고향 거리는 적막강산이었다. 어느 순간 저쪽 골목에서 불쑥 깔깔대며 쫓아 나올 것만 같았다.

개구쟁이들로 시끄럽던 마을은 고적하기 그지없었다. 아니 마을이 줄고 있는 듯했다. 조용한 골목에서 아기 울음소리가 사라진 지 오래다. 어릴 적 동생을 등에 업고 고무줄놀이하던 친구 모습이 그려졌다. 진달래 곱게 피던 고향의 산과 들, 마을까지도 그대로인데 골목을 달리던 동무들은 어디로 갔을까? 마을의 봄은 깊어 가지만 점점 노화하는 마을이 안타깝다. 멀리 경운기 소리가 적막을 깨며 달려왔다. 소달구지 워낭소리처럼 정겹지는 않아도 잠시 고즈넉한 마을을 깨운다. 노을빛 물드는 고향 산천을 등 뒤에 두고 돌아섰다. 서러운 그리움에 눈물을 지으며 터벅터벅 걸었다. 언제나 열두각골

내 고향에 봄이면 살구꽃이 피듯 새롭게 희망의 꽃이 피려는지 그
런 날이 왔으면 좋겠다.

똥 묻은 상장

오늘도 또 떠나간다.

벌써 몇 년째인지 나는 매년 2월이면 떠나보내기를 하고 있다. 어떤 이별이든 이별은 슬픈 일이었다. '빛나는 졸업장을 타신 언니께……' 마치 내가 졸업하는 것처럼 늘 눈물을 쏟아냈다. 상급학교 진학을 위해 떠나는 친구들에게 새로운 출발을 축하해주어야 하는데 언제나 눈물로 헤어졌다.

또 2월이 오고 있다.

사십 년 동안 보냈던 2월이 영화처럼 지나간다. 그날도 떠나보낼 친구들의 마지막을 정리하고 있었다. 일요일 아침 학교에 도착하여 교실에 있는 작은 서류 상자를 열었을 때 깜짝 놀랐다. 480명을 졸업시키려고 준비해 놓은 상장이 온데간데없이 사라진 것이다. 어제 퇴근하면서 분명히 여기에 넣어두었는데 한 장도 보이지 않았다. 아주 깨끗했다. 내가 착각했나 하면서 교무실로 내려왔다. 사색이 된 얼굴로 교무실 캐비닛을 열었을 때도 아무것도 없었다. 귀신이 곡할 노릇이다. 가슴이 턱 막혀 말조차 할 수가 없었다.

　모든 것을 새로 준비하기에는 시간이 문제였다. 상장이야 밤을 새워 쓰면 되겠지만 직인도 찍어야 하고 절차가 한둘이 아니라 눈앞이 캄캄했다. 학년 주임께도 이야기할 수가 없는 상황이었다. 이제 새로 쓰는 수밖에 없었다. 새로 쓰는 것도 문제였다. 인쇄소에 맡겨 따로 인쇄해 온 것이라 여분의 상장이 없다는 것이다. 전체 내용을 붓으로 쓰려면 밤을 새워도 안 될 일이니, 걱정이 태산 같았다. 그냥 주저앉아 울고 싶었다. 난감하여 창문 너머 하늘만 보고 있었다. 그때 드르륵 출입문이 열리는 소리다. 돌아보니 우리 반 아이 둘이 들어선다. 두 녀석이 간식까지 싸 들고 선생님 혼자 근무하는데 심심할까 봐 놀러 왔단다. 마음도 심란한데 크게 반갑지 않았다. 그렇다고 돌아가라고 할 수도 없었다. 깔깔대는 아이들 옆에서 우거지상을 하고 억지로 태연한 척 영혼 없이 교육잡지를 넘기고 있었다. 그때 숙이가 마치 무엇을 알고 있기라도 한 듯 "선생님, 무슨 걱정거리 있으세요? 도와드릴까요?" 했다. "응, 뭐 없어진 것이 있어서……" 했더니 함께 찾아보자고 했다.

　내가 넣어둔 곳은 분명 서류 상자 속이었기에 우선 교실 먼저 다 뒤졌지만 쓰다가 버린 몇 장의 상장 외에는 흔적도 없었다. 밖에도 찾아보자고 하는 숙이를 따라 밖으로 나갔다. 따갑고 빽빽한 향나무 밑도 살펴보고 학교의 후미지고 외진 곳은 모두 다 찾아보았다. 상장 비슷한 것도 없었다.

희망 없는 패잔병처럼 운동장을 지나오는데 2월의 찬바람이 사정없이 볼을 때렸다. 꺼이꺼이 속울음을 울며 어찌해야 하는지 겁이 났다. 옆에 따라오던 아이들이 화장실도 찾아보자고 했다. 보기만 해도 역겨운 재래식 화장실을 한 칸 한 칸 문을 열고 속까지 들여다보며 찾아보았지만, 아무것도 보지를 못했다. 화장실 정화조 속은 얼음이 얼어 넓은 썰매장 같아 냄새는 덜했지만, 켜켜이 쌓인 분변들은 각자 다른 색깔 층으로 탑을 이루고 있었다. 그렇게 학교를 뒤지고 다니던 친구들이 돌아갔다.

점심도 먹지 못하고 전달부와 다시 찾아보기로 했다. 숙이가 처음 문을 열었던 화장실 그 칸을 다시 살펴보기로 했다. 문을 열었다. 분변이 탑처럼 쌓여 있는 사이로 지저분하고 더러워 구역질이 났지만, 허리를 최대한 굽혀 자세히 속을 살펴보았다. 멀찍이 바람에 날린 듯한 깨끗한 종이가 마이산 탑사 같은 똥탑 사이로 여러 장이 보였다. 전달부가 다시 확인하더니 이내 화장실 뒤로 가서 사다리를 놓고 화장실 정화조 안으로 내려갔다. 생각한 대로 상장들이 그곳에 흩어져 있던 것이다. 다행이라고 해야 할까. 겨울이라 오물들이 꽁꽁 얼어 고스란히 걷어서 올라왔다. 몇 장은 분변이 묻기도 했지만 대부분 깨끗하여 그대로 쓸 수가 있었다. 순간 팔과 다리에 힘이 쭉 빠지고 떨려 지탱하고 서 있을 수조차 없었다.

화장실 분변 더미에서 꺼낸 것을 꼭 안고 교무실로 왔다. 한 장 한 장 확인하며 닦은 후 정말 못쓰게 된 것만 새로 쓰기로 하고 정리를 했다.

범인은 꼭 사고 장소에 다시 나타난다고 하는 말이 있는데 그날 담임 선생님 혼자 근무해서 심심하다고 놀아주러 왔던 숙이가 저지른 일이었다. 전혀 의심하지 않았는데 찾고 나서 생각해보니 숙이의 행동 하나하나가 자신이 그랬다는 힌트였던 것이었다.

본인이 버렸던 그 장소까지 함께 확인했지만 찾지 못했으니 분명 졸업식은 하지 못할 거로 생각하고 마음 편하게 돌아갔을 것이다. 숙이는 속으로 얼마나 통쾌했을까? 그 똑똑한 선생님, 무엇이든 다 해결해주던 선생님이 해결하지 못하는 것도 있다고 속으로 조롱했을 것 같다. 그래도 아무 일도 없었다는 듯 예정된 날 졸업식은 진행이 되고 난 또 울면서 보냈다.

숙이는 본인이 졸업식 날 학업상을 받지 못하는 것을 알고 부모님이 실망할까 봐 그런 짓을 하게 되었다고 했다. 매년 학업상을 받았던 숙이는 얼마나 부모님께 미안했으면 그런 짓을 했을까? 정말 미웠지만, 졸업식장에 오지 않을까 봐 밤새 걱정했는데 와줘서 고마웠다. 인생은 성적순이 아닌데, 학업상이 뭐라고 그런 짓을 했는지 지금도 이해할 수가 없다. 나를 많이 좋아했던 숙이는 어떻게 지내고 있을까? 2월의 찬바람이 휭 지나는 거리 어디선가 졸업식 노래가 들려온다. 지금은 중년이 되어 학부모가 되었을 숙이가 많이 보고 싶다.

정월 대보름

"호~ 우우우 호~ 우우우"

공포의 새소리와 함께 칠흑 같은 어둠이 산골짜기에 내려앉는다. 기차가 큰 기적의 여운을 남기고 철커덕철커덕 소리를 내며 지나가는 소리가 산 너머 저쪽 멀리서 들린다. 찬바람이 쌩쌩 앞마당의 대추나무 가지를 윙윙, 울리는 밤이다.

그날 저녁 우리는 모두 집안 할머니 댁으로 모였다. 할머니 댁은 동네 가운데면서도 산 밑이라 더 컴컴했고 음산한 기운이 도는 집이었다. 우리는 참새 방앗간처럼 누가 먼저랄 것도 없이 겨울이 깊어 가는 밤이면 할머니 댁으로 하하 호호 모였다. 어른들이 계시지 않기에 우리들의 즐거운 놀이터였다.

초저녁에는 모두 스피커 밑에 올망졸망 모여 앉아 연속극을 들었다. 이따금 '치지 직~ 치지 직' 소리에 귀가 아팠지만, 내용도 잘 이해하지 못하고 지금은 기억도 나지 않는 연속극을 숨죽여가며 들었다. 연속극이 끝나고, 깊어 가는 산골 밤은 더 깜깜하고 바람 소리는 더 커진다. 스피커에서는 대중가요가 흘러나오고 우리는 앵무새처럼 따라 불렀다. 신곡의 노래가 나오면 공부하라고 사 주신 공책을 꺼내 놓고 가사를 받아 적어가면서 요즘 대세가 된 트로트를 따라 불렀다. 노래를 부르며 방구들이 내려앉을 정도로 뛰면서 놀았다.

정월 대보름날 저녁 달맞이 놀이가 끝나면 할머니 댁으로 모여 우리만 알고 있는 놀이를 시작했다. 화투의 같은 그림 4장을 맞추는 놀이였다. 그림이 맞춰지게 되면 조용했던 방안은 "와~"하는 환호성과 함께 실망의 탄성이 쏟아지기를 반복하며 한밤중이 되었다. 출출함을 달래기 위하여 김치볶음밥을 만들어 먹으려는 것이었다. 화투 놀이로 정해진 승자는 집에서 기다리고 패자는 바가지를 들고 집을 나선다. 각자 집으로 가서 밥과 김치를 가져오기도 하고 때론 옆집에서 얻어오기도 하고 주인의 허락 없이 부뚜막에 놓여 있는 밥을 한 그릇 쓱 가져오기도 했다.

지금 같으면 번호 키가 달린 현관문에다 동네 곳곳에 설치된 CCTV 때문에 있을 수도 없는 일이지만, 오십 년쯤 전 내가 자라던 어린 시절 고향 동네에서는 밥 한 그릇 몰래 가져오고 김치 한 포기 가져오는 것은 꼬마들의 장난이라고 눈감아 주던 때였다. 이런 놀이는 가게도 없고 식당도 없는 산골 동네에서 1년 중 정월 대보름날 밤에 한 번만 할 수 있는 놀이였다.

우린 정성스레 해 놓은 밥을 주인 몰래 가져와서 큰 양재기에 밥과 김치를 넣고 할머니 댁 들기름을 듬뿍 넣어 쓱쓱 비비면 요리는 끝이었다. 모두 숟가락을 들고 침을 꼴깍꼴깍 삼키며 기다리다가 제일 크게 한 숟가락씩 퍼서 입으로 가져갔다. 밥은 씹을 새도 없이 목구멍으로 꿀꺽꿀꺽 순식간에 다 없어져 버렸다. 주인의 허락도 없이 가져온 밥과 김치지만 아무도 걱정하지 않고 맛있게 먹었다. 집성촌 시골 마을에서만 할 수 있는 일이었다.

동서고금 어느 나라에서도 볼 수 없는 우리나라에서만 느낄 수 있는 정은 아니었을까. 시골에서 자란 사람들은 '서리'에 얽힌 추억이 한두 번쯤은 있었으리라 생각된다.

내가 살던 산골 동네는 더 어둡고 추웠다. 밤하늘의 달과 별도 추위에 움츠러들어서 작게 반짝이는 것 같았다. 산골 아이들은 가지고 놀 놀잇감도 없고 공간도 시설도 없었으니 궁여지책으로 모여서 놀다 보니 생겨난 생소한 놀이는 아니었을까. 밤이 깊어 가는 줄도 모르고 놀다가 먹던 김치볶음밥의 맛을 잊을 수가 없다.

그때 함께 놀던 아줌마, 조카들은 다 어디에서 살고 있을까. 내가 시골 초등학교를 졸업하고 청주에 있는 중학교로 진학하면서 서로가 살아가는 것이 바쁘고 힘들어서 소식이 끊기게 되었다. 예순이 넘어 마음의 여유가 생기니 그 시절 친구들이 그립다.

모두 할머니가 되어 손주들 재롱에 살아온 삶을 되새김질하며 지내고 있을까.

까만 밤 차가운 달과 별을 보니 조마조마하고 아슬아슬한 기분으로 먹던, 그날 밤, 김치볶음밥이 더욱 생각났다. 그때 그 친구들도 오늘 밤 달을 보고 있을까 더 보고 싶었다.

밖에서 들려오는 "찹쌀떡 사~려. 메밀묵~" 하는 소리에 침이 "꼴깍" 넘어갔다. 깊어 가는 보름날 찬바람에 울리는 구성진 추억의 소리가 가까이 점점 크게 들려오다가 차츰 멀어졌다. 추억의 정이 묻어나는 소리로 행복을 느끼게 하는 것 같았다.

수필창작 교실

휜하게 여명을 뚫고 아침이 오는 시간, 희미한 어둠 속으로 발을 내놓았다. 여느 때처럼 아침 운동하러 가는 것이다. 시원한 바람과 풀벌레 소리가 처음 글쓰기 수업에 가는 들뜬 내 마음을 아는지 응원하는 듯했다.

오늘부터 시작되는 수필창작 교실에 간다는 설레는 마음에 간밤엔 잠도 설쳤다. 그래도 시원한 바람이, 볼을 간지를 때는 상쾌했다.

여고 시절엔 누구나 한번은 시인의 꿈을 꾸고 있었던 것 같다. 꿈으로만 안고 있던 것을 이제야 키워보고자 충북대학교 평생교육원 수필창작 과정에 수강자로 등록을 하였다. 처음 강의가 있는 날이다.

예순이 넘었어도 초등학교에 입학하는 어린아이처럼 들뜬 가슴은 두근두근 방망이질했다. 피교육자가 된다는 것은 언제고 가슴 떨리는 일인가 보다.

담당 교수의 인사와 함께 첫 수업이 시작되었다. 어떻게 수업할지 방법이 궁금했다. 잠시 기다리니 한 사람이 미리 써온 글을 먼저 발표했다. 다음엔 발표한 글을 듣고 각자의 느낌과 생각을 이야기해보라는 것이었다. 너무 어려웠다. 발표한 글의 내용도 어려웠지만, 그것을 듣고 평이라고 해야 하나 느낀 감정과 내 생각, 좋은 부분, 부족한 부분 등을 이야기하는 것은 더 어렵고 힘이 들었다. 마치 글을 발표한 사람의 옷을 발가벗기는 느낌이었다. 한편의 글을 듣고 나니 글을 쓰지도 않은 내 머릿속을 다른 사람들이 훤히 들여다보고 있는 듯했다.

지금이라도 이루지 못한 꿈을 위해 열심히 해보려고 왔는데 잠시 후회스럽기도 했다. 이 나이에 무슨, 하면서 자신이 없어졌다. 첫 수업을 마주하고 나니 정말 잘할 수 있을까. 어디서부터 어떻게 해야 하는지 완전 초보인데, 뭘 할 수 있을까. 쿵쾅대는 가슴을 안고 내가 졸아붙는 느낌이 들었다. 옆 사람이 떨려서 쿵쾅대는 가슴의 울림을 느낄까 봐 조마조마했다. 망신만 당하지 않으면 다행이라고 생각하며 그만둘까 하는 생각을 해보았다. 여기까지 와서 그만둔다는 것은 더 창피한 일인 것 같았다.

수업 분위기까지 나를 더 주눅 들게 했다. 서로 이야기하는 대화의 내용을 들어 보니 모두가 아주 절친 사이 같아 걱정이 더 되었다. 사람들과 쉽게 친해지지 못한 내가 어떻게 그들과 친해질 수 있을지. 새로운 환경에 적응하는 것보다는 사람을 사귀는 것이 더 많이 힘든지라 걱정이 됐다. 낯선 상대방에게 다가가는 것도 힘들고 말을 거는 것은 더 힘들기에 어떻게 할까 잠시 생각해보았다. 그뿐만이 아니다. 실력은 또 어쩌자는 것일까, 젓가락 키 재기처럼 모두 똑같이 시작하여 출발점이 같았으면 좋겠는데 그게 아니어서 더 어렵고 힘이 들게 생각되었다.

수업은 오늘처럼 매주 수강자들 각자가 글을 한 편씩 써서 가지고 와서 발표하고 서로의 조언을 들으며 합평을 통하여 스스로 성장하는 것이라고 했다. 그 소리를 듣고 나니 더 걱정이 태산이었다. 기초도 기본도 없는 실력에 부끄러워서 어떻게 해야 하는지 학기가 끝나기 전에 한번은 발표를 할 수 있을지 갈수록 부담이 커졌다. 수필이 무엇이고 어떻게 쓰는 것인지 이론은 어렴풋이 알고 있지만, 이론대로 되는 것이 아무것도 없으니 더 어렵고 부담이 느껴진다.

두 시간 강의가 모두 끝나고 수강자들이 함께 점심을 먹으러 갔다. 수업 시간보다 더 어색했다. 그래도 밥상머리에서 정분이 난다더니 한 끼 먹고 나서 금방 친해진 듯 이제껏 긴장했던 마음이 조금씩 풀리는 듯했다.

매주 밥을 먹는 것일까?

글은 못 쓰지만 좋은 글 쓰려고 열심히 노력도 하고, 매주 밥 먹는 재미라도 붙여 보기로 했다. 그렇게 노력하면서 시간이 지나면 글솜씨도 늘지 않을까. 점심때 함께 먹은 된장찌개처럼 농익은 글을 쓰기 위하여 열심히 노력해 보려고 한다.

금이

똑 똑똑, 낙숫물 소리가 경쾌하다. 매서웠던 추위가 차츰차츰 가고 봄인 듯 이른 봄비가 내린다. 겨울의 추위를 이긴 나뭇가지에는 성급하게 연둣빛을 띠는 것 같다. 아직 설도 쇠지 않았으니 추위가 남아있을 텐데 여린 가지가 놀랄까 걱정이다.

봄비가 오면 생각나는 친구가 있다. 애송이 교사 시절 제일 먼저 나를 시험에 들게 했던 아이다. 유난히 눈이 예뻤던 그 아이는 깊은 쌍꺼풀에 호수처럼 큰 눈을 가지고 볼우물까지 깊게 들어가던 금이다. 달리기를 잘해서 학교 대표 육상 선수이기도 했다.

그날 아침 그 아이 자리는 비어 있었다. 수업이 시작되고 2교시가 끝나도 금이 자리는 텅 빈 채로 있었다. 한 번도 이런 일이 없었는데 결석이라니 이웃 친구들에게 물어도 모른다고 했다. 일요일 교회에도 오지 않았고 만나지도 못했다고 했다. 그제야 금이 책상 속을 살펴보았다. 깨끗하게 정리된 책상 서랍에는 공책 한 권만 덩그러니 들어있었다. 급하게 꺼내 보니 일기장이었다. 평소 일기를 잘 써오지 않던 금이가 일기장을 두고 가다니 무엇인가 계획적이었구나 생각하며 얼른 펼쳐 보았다. 결석한 까닭을 찾을 수 있을까 떨리는 손으로 한 장 한 장 넘기며 읽어보았다.

금이 일기장에는 부모님이 동생보다 자기만 미워한다는 내용이 여러 군데 있었고 집을 나가고 싶다는 이야기까지 있었다. 도무지 이해할 수 없는 내용이었다. 하는 수 없이 3학년 금이 동생을 찾아가 언니에 관하여 물었지만 입을 꾹 다문 금이 동생은 끝까지 한마디도 하지 않고 황소처럼 눈만 껌뻑이고 있었다. 지금처럼 손전화가 있는 것도 아니고 더는 알아볼 방법이 없었다. 부모보다도 더 많은 시간을 같이 생활하면서 금이의 아픈 마음을 알아차리지 못했다는 것에 한없이 미안하고 가슴이 아팠다. 조급한 마음에 수업을 마치고 농사일을 하시는 부모님을 만나려고 금이네 집으로 쫓아갔다.

대문을 삐걱 밀며 들어서는데 "책임지라고 했잖아요. 내가 버렸으니까" 굽은 등에서 지게를 내려놓으며 내 얼굴도 보지 않고 힘없이 내뱉는 금이 아버지의 말이 어둠 속에 한 자 한 자 박히며 빛을 내는 듯했다. 무서웠다. 확 소름이 돋았다. 내가 잘못한 것이 무엇일까 생각하며 파출소에서 금이를 데려왔던 그 날과 관련이 있다는 것을 직감했다.

무조건 집을 나가라고 했다던 금이의 일기장 내용과 파출소에서 하룻저녁을 보냈을 때 부모님이 몰라라 했던 일 등, 차츰 퍼즐 조각이 맞춰지고 있었다. 불도 켜지 않은 깜깜한 어둠 속에서 이야기가 계속되었다. 도벽이 있는 금이를 어떻게 할 수가 없었단다. 지금은 일이 바빠 찾아 나설 수 없는 상황이지만 가을 추수만 끝나면 금이를 찾아서 허름한 배 한 척을 구하여 멀리 있는 바다 망망대해에서 금이와 함께 빠져 죽을 작정이라고 했다. 금이 아버지는 그 이상 아무 말도 하지 않았다. 비통한 표정이면서도 책임을 지겠다는 굳은 결의 같았다. 아무것도 다시는 물어볼 수가 없었다. 가슴이 꽉 막혀 버렸다. 그날 상황만 봐도 금이가 집을 나가게 된 이유가 충분했다.

오죽했으면 부모가 찾을 생각도 하지 않았을지 그 심정을 충분히 알 것 같았다. 이제 갓 스물세 살인 햇병아리 선생님은 어떻게 해야 하는지 막막했다. 선배들은 속 썩이지 말고 그냥 두라고 했다. 시간이 지나면 돌아오고 아니면 부모가 찾아올 거라고 했다. 난 그렇게 둘 수가 없어 수업이 끝난 오후에는 제천 시내로 갔다. 나도 낯설고 무서운 도시 제천에서 그냥 이곳저곳을 쏘다녔다. 이곳 어디에선가 금이를 만날 거라고 생각했기 때문이다.

제천역 주변에 가출한 초 중학생을 데려다가 앵벌이를 시키는 사람들이 있다고 했다. 그들에게 밥을 해주는 사람도 있었다. 소문을 듣고 시장 어귀의 허름한 집을 찾아갔다. 작은 방에 혼숙으로 15명 정도가 지내고 있었다. 기가 막혔다. 자기 자식이라도 그렇게 했을까 하는 생각이 들었다. 드나드는 아이들 틈에서 금이를 만날 거로 생각하고 주변의 이야기도 들어 정보를 얻으며 기다렸다. 열흘이 되도록 금이는 보이지 않았다. 결국 시장 난전 할머니의 도움으로 밥해주는 아주머니를 만났다. 아주머니를 만나 생각보다 쉽게 금이의 단서를 찾았다. 금이를 빼돌려 아기 돌보는 집으로 보냈다고 했다. 불행 중 다행이라고 생각하며 깜깜한 어둠이 내린 시각에 막차에 올랐다. 아무것도 보이지 않는 밤, 버스는 길의 모양에 따라 이리 빙글 저리 빙글 박달재를 올라갔다 내려갔다 반복하며 달렸다. 버스는 더 큰 어둠 속으로 날 토해놓고 꼬리에 빨간 등을 가물가물 흐리며 언덕 너머로 사라진다. 잠시 어둠 속에 서 있었다. 이대로 청주로 가버릴걸, 내일 출근이고 뭐고 나도 어쩔 수 없는 상황에서 도망치고 싶었다.

집을 나서던 그 날 금이도 이렇게 칠흑 같은 어둠을 느끼지 않았을까? 다음날 출근하려고 준비하는데 빗줄기가 격자무늬의 창문에 비스듬히 들이친다. 그때 밖에서 부르는 소리가 들렸다. 가느다랗게 떨리는 소리 "선생님"하는 소리였다. 순간 '금이' 하면서 문을 벌컥 열었다. 비를 맞으며 감자를 한 세숫대야 들고 서 있는 금이가 보였다. 금이가 돌아온 것이다. 두어 달이 넘도록 백방으로 노력하고 고생한 결과였다. 속상하여 집 나가라 소리 지르며 너는 자식도 아니다 하던 아버지가 가서 데려오신 것이었다.

부모의 자식 사랑하는 마음을 자식이 어찌 알 수 있을까 금이와 아버지가 가지고 있던 앙금을 탈탈 비워내고 새롭게 핑크빛 사랑으로 채워나갔으면 좋겠다. 늦둥이 금이와 금이 동생 때문에 연세가 들어서도 굽은 등에서 지게를 내려놓지 못하시던 금이 아버지의 모습이 눈에 선하다.

식목일

올해도 무심천체육공원에서 어린나무 묘목 나누어주기 행사가 있단다. 이맘때쯤이면 초등학교 시절 내 키보다도 더 큰 괭이를 끌고 다니며 나무 심던 일이 생각난다.

초등학교 4학년 때부터 봄이 되면 식목 행사에 나갔었다. 한국전쟁을 직접 겪지는 않았지만, 그때 폐허가 된 민둥산에 나무를 심는 것이었다. 전쟁이 끝나고 10년도 더 지났지만, 우리나라 산은 헐벗고 메말랐었다. 우린 나무를 심으러 가면서 '메아리'라는 동요를 불렀다. 나무가 없어 메아리가 찾아오지 않는다는 그 산에 메아리가 찾아오도록 4월 한 달은 나무를 심으러 다닌 것 같다.

산 중턱쯤엔 소나무와 상수리나무를 심고 산 아래쯤과 밭둑에는 뽕나무를 심었었다. 뽕나무는 다른 나무보다 빨리 자랐다. 뽕나무가 자라니 집집마다 누에를 치기 시작했고 곳곳에 제사공장이 문을 열어 섬유산업 발전에도 도움이 되었다. 학교에서 돌아오는 길에 우리는 뽕나무에 매달려 입과 손이 까매지도록 오디를 따 먹으며 허기를 달래기도 하였다.

나무를 심던 우리가 중학생이 되었을 때는 각종 식물의 씨앗을 다 받아오라고 했다. 주말이면 잔디 씨를 한 봉투씩 받아오라고 숙제를 냈다. 일요일 아침부터 종일 할아버지 산소에 앉아 잔디 씨를 훑던 생각이 난다. 엎드려 잔디 씨를 받을 때는 볕이 너무 뜨거워 등이 타는 듯했었다. 싸리나무 씨는 내가 나무를 몰라 받을 수가 없었으니 아버지 몫이었다. 아버지는 딸을 위해서 품앗이 일을 하다가도 쉴 참에 싸리나무 씨를 받아다 주셨다.

산과 들에 나무를 심고 씨를 받아서 공사장 언덕에 뿌리며 고등학생이 되었다. 그때 숙제는 통조림 깡통에 끈을 묶어 손잡이를 만들고 나무젓가락을 가지고 학교에 가는 것이었다. 다음날은 우암산으로 갔다. 물이 올라 잘 자라는 소나무에 매달린 송충이를 잡으러 가는 것이었다. 징그러워 쳐다보지도 못하는 송충이를 그날은 꼭 잡아야 했다.

모두 엄살을 부리기라도 했던 것처럼 처음엔 꺅~ 하고 소리를 지르고 난리였지만 이내 신중해진다. 잘못하여 송충이가 얼굴에 떨어질 수도 있기 때문이다. 모두 나무젓가락을 들고 있는 오른손에만 집중하고 있을 때 깡통 속에서는 무슨 일이 벌어지고 있었을까. 한 마리 두 마리 쌓여 있던 송충이들이 꿈틀꿈틀 깡통을 기어오르기 시작한 것이다. 그 녀석들은 달아나기 위하여 위에 있는 다른 송충이를 밟고 올라서서 깡통 벽을 타고 오르다가 미끄러지기를 반복하지만 결국 깡통 밖으로 나오는 데 성공했다. 송충이가 깡통을 잡은 손을 타고 팔뚝까지 기어 올라가 팔이 간지러웠다. 그때 팔에 붙어있는 송충이를 보고 놀라 깡통을 집어 던지며 발을 동동 굴렀다. 잡았던 송충이가 모두 쏟아지고 깡통은 데굴데굴 굴러 산 아래 가서 나뒹굴어졌다. 너무 놀라 울다가 웃기도 했었다.

지금 생각하니 징그러운 송충이를 잡던 일도 추억으로 남아 웃음을 준다. 작은 힘이나마 보태어 숲을 가꾸었던 내가 큰 일꾼이었다는 생각이 든다. 그때 잡았다가 쏟아진 송충이는 어떻게 되었을까, 다시 소나무를 찾아 기어 올라가서 번데기가 되고 나방이 되었을까, 팔에 붙은 송충이를 보고 놀라 자지러지던 모습이 생각나 피식 웃는다. 그때를 생각하며 고향엘 가본다.

초등학교 때 심은 나무는 50년이 넘었다. 가끔 고향에 가면 그때 심은 나무들이 숲을 이루어 우거진 것을 보면 감회가 새롭다. 지난날의 추억을 이야기해주는 듯 넘실대는 나뭇잎들의 일렁임에 기분이 좋다. 폐교가 되어버린 학교의 뒷산은 숲이 우거져 혼자 오르기 무서울 정도가 되었다. 멀찍이 서서 산을 바라보며 잘 자라준 나무들이 고맙게 느껴졌다.

어렸을 적 내 뼘으로 열 뼘은 되었을까 그렇게 어린나무를 심었었는데 지금은 내 키보다도 열 배 스무 배 정도는 자라서 산을 지키고 있으니 대견스럽다. 그렇게 가꾼 그 자리에 병원 폐기물 매립장을 만든다는 이야기가 돌기 시작했다. 마을 사람들은 머리에 띠를 두르고 모두 나섰다. 온 힘을 다하여 산을 지키려는 모습이 가슴 아리게 했다. 그 맨 앞에서 두 주먹 불끈 쥐고 반대했던 중년의 힘없는 농부는 나와 함께 나무를 심었던 그 동창생 친구였다. 철없던 시절 아무것도 생각하지 않고 억지로 심었지만 이젠 그 소중함을 알기 때문에 지키려는 것이다. 난 무언으로 응원했다. 우리가 어떻게 가꾼 산인데 학교 다닐 때는 개구쟁이였던 그 친구가 참 크게 보였다. 머리에 띠를 두르고 그 산을 지키려 했던 친구를 생각하며 숲이 우거진 사방의 산을 보니 가슴이 뿌듯하다.

'내일 지구의 종말이 온다고 할지라도 나는 오늘 한 그루의 사과나무를 심겠다.'라고 한 스피노자처럼 이번 식목일에는 대추나무를 한 그루 사서 심어야겠다. 한 그루의 나무가 주는 고마움과 우리 환경을 생각하여 나무를 심고 가꾸는 일에 힘을 썼으면 좋겠다.

바닷가에서

한 해 마무리를 서해 앞바다에 있는 작은 섬에서 하기로 했다. 직원들은 어둠이 내리는 저녁때가 다 되어갈 즘 대천항에 도착했다. 청주에서는 볼 수 없는 수평선의 해넘이를 볼 생각에 설레던 가슴은 실망이 가득했다. 먼저 원산도 해변에 도착하여 걷고 있던 마음도 허탈하기는 마찬가지였다.

우리가 탄 배는 쾌속선이 아닌 일반여객선으로 해넘이 구경은커녕 어둑어둑해질 무렵 원산도의 간이선착장에 도착하였다. 선착장에는 아무것도 없었다. 그저 발이 빠지는 모래 언덕에 내려섰다. 바다의 힘센 찬바람만 사정없이 얼굴을 때리는데 은근히 걱정되었다. 우리 일행은 낮은 모래 언덕을 넘고 숲을 한참 걸어 내려갔다. 그때야 임시 건물 같은 허술한 몇 채의 집이 보였다. 그곳이 우리의 숙소라고 했다. 예상과는 딴판의 세상이 펼쳐졌다. 주변의 환경부터 편안한 여행이 아니라 극기 훈련에 가까운 하룻밤의 여정이 시작된 것이다. 바다를 건너온 겨울바람이 천막을 펄렁펄렁 흔드는 곳에서 저녁 식사를 했다. 조그만 연탄난로가 놓여 있고 김이 모락모락 나는 해물탕이 준비되어 있었다. 뜨거운 것을 먹으면서도 몸은 녹지를 않았다.

저녁을 먹고 나니 주변이 칠흑같이 어두워졌다. 손전등이 없이는 한 발짝도 움직일 수가 없었다. 주변에 가게가 없다고 하여 저녁 간식거리를 무겁게 들고 왔지만 먹을 장소가 마땅치가 않았다. 까만 어둠 속에서 찬 바람만 일렁이고, 파도 소리만 철썩거렸다. 숙소까지 난방을 시작한 지 얼마 되지 않아 냉골로 차가웠다. 여름의 화려함을 생각하고 겨울 바다로 여행 장소를 잡은 것이 잘못된 것일까, 총체적 난국을 해결할 수가 없었다.

체육부장이 농담 반 진담 반으로 해수욕장 모래밭에서 달리기나 하자고 했다. 모두 반신반의하며 따라 나갔다. 까만 밤 파도가 반짝이며 왔다가 좌르르 이내 뒷걸음질을 쳐갔다. 우리도 파도를 따라 우르르 해수욕장 이쪽에서 저쪽까지 뛰어갔다가 돌아왔다. 몇 번을 뛰고 나니 덜 추웠다. 내친김에 팀을 나누어 꼬리잡기를 했다. 이리 몰리고 저리 뛰며 상대방 꼬리를 잡으려고 뛰었더니 잠시 추위도 잊고 등에서는 땀이 송골송골 맺히는 느낌이었다. 하하 호호 웃음 소리가 어둠을 헤치고 달리는 파도 소리와 어우러져 멋진 하모니의 음악을 만들어냈다.

유흥 시설이 없으니 문득 모닥불 놀이가 생각났다. 숙소의 희미한 불빛 속에서 여기저기 버려지고 떠내려온 나뭇등걸들을 모아놓고 불을 붙였다. 작은 불티를 날리며 금방 불이 붙어 주변을 밝게 하며 어둠 속 우리의 얼굴을 환하게 비췄다. 불그레한 불빛은 금방 온기를 느끼게 했다. 누가 먼저랄 것도 없이 모닥불에 둘러앉아 파도 소리의 반주에 맞춰 노래를 부르기 시작했다. 아무도 없이 우리만 있던 원산도 바닷가, 하늘도 엿보지 못하게 까만 어둠 속에 순수한 추억은 쌓이고 있었다. 활활 타오르는 모닥불은 까만 밤하늘에 불티별을 만들어 하늘을 수놓았다. 밤바다는 우리의 합창에 질세라 더 큰 파도 소리로 화답했다. 우리는 둥그렇게 원을 만들어 손을 잡고 파도의 철썩임에 맞춰 춤을 추다가 뱃노래를 부르며 경중경중 뛰기도 했다. 마치 학생 시절 어느 야영장 캠프파이어 같은 분위기였다.

모닥불의 열기와 함께 우리 가슴의 열기가 더해져 잠시 추위도 잊었다. 하늘로 오르는 불티별도 사라지고 불꽃이 사그라드는 모닥불 가까이로 모여 앉았다. 모두의 빛나는 눈동자로 어둠을 밝히며 각자 한 해를 마무리하는 정적의 시간이 되었다. 칠흑의 어둠 속에는 잠들지 못하는 바다와 우리만이 살아있는 것처럼 느껴졌다.

까만 밤 너른 바다는 눈에 보이지 않았지만 쉼 없이 몰려와 사르르륵 쏴~ 조용하게 파도를 내려놓고 갔다. 부서지는 파도 소리가 어느 때보다도 정겨웠다. 활활 타오르던 불꽃은 꺼진 지 오래지만 남은 불씨는 여기서 깜빡 저기서 깜빡 마지막까지 빛을 남기며 사그라들고 있었다.

점점 사그라드는 불빛을 보며 우리는 일 년을 돌아보고 한마디씩

한해를 반성하는 이야기를 했다. 나는 내게 일주일만 시간이 더 있었으면 좋겠다고 말했다. 나의 일 년 중 큰 아쉬움이 남는 석이가 생각났기 때문이다. 이제 막 글눈을 뜬 석이, 유치원도 다니지 못하고 1학년에 입학하여 자신의 이름도 쓰지 못했던 석이가 긴 겨울 방학이 끝나고 나면 겨우 알게 된 이름 석 자를 잊을까 봐 걱정되어서다. 한 해를 마무리하는 시간이 되면 늘 아쉬움이 크다. 일주일만 시간이 더 주어지면 모든 것을 완벽하게 마무리할 수 있을 것 같다는 생각을 수십 번 했었다. 어둠 속 철썩이는 파도 소리가 나를 원망하는 듯 느껴졌다. 언제나 후회 없는 교육을 할 수 있을까. 후회되는 1년을 까만 밤 까맣게 부서지는 파도에게 부탁했다. 새해에는 후회하지 않게 해달라고……

잠 못 드는 바다와 함께 한 시간이 얼마였는지 멀리 유난히 길었던 겨울밤을 희미하게 비치는 여명이 보였다. 간밤 바닷가의 추억이 가슴에 차곡차곡 들어와 쌓였다. 새벽 바닷바람이 차갑게 가슴으로 파고든다. 조금씩 밝아오는 붉은 여명 속으로 나의 열두 친구들의 얼굴이 그려지며 석이의 얼굴이 더 크게 다가왔다. 사랑하는 내 친구들이 보고 싶었다.

출근길

하늘이 많이 내려앉았다. 금방이라도 비가 쏟아질 듯한 잿빛 하늘이 손에 닿을 듯하다. 아침 일찍 차를 운전하고 집을 나서 보는 것이 얼마 만인지 모르겠다. 3분의 짧은 초록 불에 한 무리의 자동차들이 사방으로 앞다투어 바쁘게 움직인다. 모두 삶을 위한 멋진 희망의 출발이리라.

남편의 나들잇길을 배웅하러 가는 중이다. 대교 밑 하상도로로 내려가니 무심천의 갈대와 물억새가 살랑살랑 손짓을 한다. 어느새 가을이 깊었음을 실감 할 수 있었다.

출근길 물결에 끼어보니 아이들 키우며 출근하던 때가 생각났다. 결혼하기 전 선배들이 하는 이야기는 설마 했는데 결혼하여 아이를 낳고 출근하려니 마음이 독해지지 않으면 힘들 것 같다고 생각했다. 출산한 지 겨우 한 달도 쉬지 못하고 핏덩이를 떼어놓고 나서는 길은 눈물길이었다. 학교에 도착하여 아기 젖 먹일 시각에 짜릿하게 젖이라도 돌라치면 그때부터가 더 큰 고통이었다. 내 몸의 통증은 아무것도 아니다. 돌아 나는 젖을 내 아기에게 먹일 수 없다는 것이 더 마음을 아프게 했었다.

어느 선배는 시어머니가 봐주셨는데도 두 아이가 매일 아침 한쪽씩 다리를 잡고 매달릴 때는 함께 울며 가슴 아프게 출근한다고 했다. 남에게 맡겨서 키우는 나는 어떤 마음이었을까 말로는 표현할 수가 없을 만큼 아팠다. 하루가 다르게 자라는 녀석들을 보면 마음이 편하지 않았다. 아무리 잘해준다고 해도 피붙이도 아닌데 하는 생각에 가슴 한켠이 아렸다. 그런데 참 이상하다. 우리 아이들은 아침에 매달리며 울기는커녕 서운할 정도로 웃으며 손까지 흔들어주었다. 가끔은 서운하기도 했지만, 마음은 편하게 출근할 수 있었다.

아들이 초등학교 3학년이 되던 봄 어느 날이었다. 아기였을 때도 하지 않던 행동을 했다. 출근하지 말고 소풍 가는 데 함께 가자고 조르는 것이었다. 유치원 때도 1학년 때도 하지 않던 행동인데 더구나 3학년이 되면 엄마가 따라간다고 해도 싫다고 할 때인데 도무지 마음을 알 수가 없었다. 겨우 달래놓고 출근하면서 마음이 갈팡질팡 갈피를 잡지 못했다. 지금 같으면 연가 하루 쓰면 되는데 그때는 그게 힘들었다. 당연히 법으로 정해진 권한인데도 마음대로 할 수 없는 일이었다.

아이와 실랑이하느라 조금 늦어 나도 모르게 과속하게 되었나 보다. 어느 초등학교 앞을 지날 때 엄마 손을 잡고 함박웃음을 지으며 학교에 가는 아이를 보니 아들의 시무룩했던 얼굴이 생각나며 지금이라도 돌아가야겠다는 생각이 들었다. 그때 자동차는 이미 멈춰선 시내버스를 아슬아슬하게 피하면서 문짝 두 개를 모두 긁고 말았다. 무섭고 겁이 났다. 시내버스 기사님이 내려와 보더니, 버스는 괜찮으니 그냥 가라고 했다. 도무지 후들후들 떨려 한 걸음도 움직이지를 못했다. 떨리고 쿵쾅쿵쾅 뛰는 가슴을 한참 기다려 진정시키고 반은 찌그러진 차를 운전하여 겨우 출근했다.

그때 운전 중에는 집중해야 한다는 큰 깨달음을 얻었다. 그러면서도 처음이자 마지막 함께 가자는 소풍을 같이 가지 못해 지금도 후회가 된다. 내 자식보다도 남의 자식 걱정에 한 번도 내 아이들을 먼저 생각해 본 적이 없다. 그때 그렇게 애잔하게 부탁하던 아들의 말을 따라 그냥 못 이기는 척 소풍을 갔더라면 그렇게 큰 사고는 나지 않았을 텐데 하는 생각을 해볼 때도 있다.

남편을 약속 장소에서 내려주고 혼자서 집으로 온다. 출근 시간이 지나니 도로가 휑하니 휴일처럼 여유로웠다. 교통체증이 있던 거리를 보면서 우리의 결혼 생활을 생각해보았다. 큰 어려움과 힘든 점은 없었지만 소소하게 가슴 아팠던 적은 있었다. 갑자기 아주머니가 아기를 봐줄 수 없다고 했을 때, 수학여행을 가야 하는데 집을 비울 수 없는 상황일 때 등등 그때를 어떻게 해결했었는지 지금은 잘 생각도 나지 않는다. 그냥 즐겁고 행복했던 것만 같다. 조금 전 잠시 주차장 같았던 거리가 모두 풀려 한산하고 여유로운 길이 된 것처럼 우리 가족들이 가고 있는 길은 언제나 열려있는 탄탄대

로가 아니던가. 잠시 지체나 정체는 있을 수 있다고 생각한다. 그래
야 가족관계도 더 단단해지는 것 같다고 생각했다.

내 딸과 아들 사위의 출근길도 안전하고 보람차기를 기도하며 언
제나 행복하기를 바랄 뿐이다. 오늘이 있어 내일을 기다리고 감사
하며 살아가고 있다. 출근은 희망을 말하고 행복을 찾는 입구라고
생각한다.

가을을 따는 부자父子

"깟깟깟 깟깟깟"

까치가 감나무에 내려앉았다. 아침밥을 찾는 모양이다. 아직은 감나무 가지가 무거운데 홍시를 잘도 찾아 먹고 있다. 홍시를 좋아하지만, 까치처럼 쉽게 홍시를 따먹을 수가 없어 아쉽다.

산책길 끝에는 아담한 감나무 두어 그루가 서 있었다. 붉게 익은 감이 가지가 찢어질 듯 달려서 대롱대롱 그네를 탔다. 나무 밑에는 노란 플라스틱 큰 바구니가 놓여 있고 노인은 그 옆에 서서 자꾸 하늘을 쳐다보고 있었다. 할아버지의 눈길을 따라 나무 위를 보니 아들인 듯 보이는 한 남자가 나무를 타고 있다. 아들은 위에서 감을 따 내리고 아버지는 내려오는 감을 받아 바구니에 넣었다. 옛날 어른들은 감나무 가지는 약해서 잘 부러지니 올라가지 말라고 했는데 할아버지는 나무 위의 아들을 걱정하는 듯 때때로 잔기침을 했다. 서로 기대고 걱정하며 다홍빛으로 곱게 익은 가을을 따며 해맑게 웃고 있었다.

부자父子가 감 따는 모습을 보니 어릴 적 감나무 밑에 누워있던 생각이 나서 피식 웃음이 났다. 바쁜 어머니 뒤를 쫓아다니며 감이 먹고 싶다고 떼를 쓰니 감나무 밑에 누워있으면 홍시가 떨어진다며 가보라고 하셨다. 어머니 말씀대로 푹신한 감잎 위에 누워 감이 떨어질 때를 기다렸다. 땅의 습기가 눅눅하게 올라오도록 기다리다가 감은 떨어지지 않고 따뜻한 가을 햇볕에 잠이 들고 말았다. 한숨 잘 자고 깨어보니 땅거미 진 저녁때였다. 얼마나 어리석었는지, 지금 생각해도 떨어지지 않았던 감이 밉기만 하다.

초등학교 때는 심부름가는 오빠들을 따라 밭에 간 적이 있었다. 밭에 도착한 오빠들은 먼저 감나무 위로 올라가 까치처럼 잘 익은 홍시를 골라서 따먹으며 나무 아래 오도카니 서 있는 나를 보며 약을 올렸다. 홍시가 먹고 싶은 나는 한없이 부러웠다. 밑에 있으려니 감을 먹고 뱉어내는 두어 개의 감 씨가 머리에 떨어졌다.

오빠들은 원숭이처럼 이쪽저쪽 옮겨 다니며 몇 개씩을 따먹고 나더니 하나를 던져준다고 손을 벌리라고 했다. 기쁜 마음에 얼른 작은 두 손을 벌리고 있으려니 잘 익은 홍시가 팽그르르 내려오는데 부푼 풍선처럼 툭 터져 손바닥에는 흔적도 없었다. 눈물이 날 만큼 서운하여 끈적이는 손만 보고 있으려니 무엇인가 손바닥에 뚝 떨어진다. 수정같이 맑은 눈물이었다. 그때 둘째 오빠가 불렀다. 작은 감으로 던져줄 테니 입을 크게 벌리라는 것이다. 그래 이거야. 입을 크게 벌리면 구슬치기 잘하는 오빠들이 감을 입에 넣을 수 있을 것으로 생각했다. 목이 아팠지만, 한껏 고개를 뒤로 젖히고 서 있었다. 그때 툭 떨어진 감은 내 입과 코의 중간 정확히 인중으로 떨어지고 천천히 입으로 흘러드는 끈끈하고 되직한 액체는 달달했다. 손바닥에 떨어졌을 때보다는 훨씬 나았다. 결국 나는 제대로 먹지도 못한 감 때문에 손은 물론 얼굴까지 끈적거려 도랑을 찾아 씻느라 애만 썼다.

바람이 살며시 분다. 감잎이 둥글게 춤을 추며 내려온다. 나무 밑에는 황금색 탐스러운 감이 바구니에 가득하고 천혜의 빛깔 고운 감잎들이 햇빛을 받아 반짝인다. 노란색인가 하고 주워 들여다보니 초록이 보이고, 초록색인가 생각하면 빨간색이 보인다. 감잎 한 장이 가지고 있는 색깔은 어떤 말로도 표현할 수가 없었다. 그렇다고 다른 잎을 주워 들고 비교해봐도 똑같은 색깔은 한 장도 보이지 않았다. 작고 예쁜 감잎을 모았다. 금방 손위에 수북이 쌓였다. 책갈피에 넣어 아름다운 가을 추억을 저장해 보려고 한다.

가을은 결실의 계절이다. 부자父子가 가을볕에 탱글탱글 익은 감을 따는 것처럼 내게도 거두어드릴 글 밭 하나 있었으면 좋겠다. 문득문득, 스치며 떠오른 단어를 심어놓은 마음 밭에서 영근 문장 하나 건졌으면 좋겠다. 좋은 글을 쓰려는 나를 응원하며 가을을 따는 부자를 응원하고 있었다. 감 따는 아들을 걱정하는 아버지의 굽은 등 뒤로 따뜻한 가을 햇살이 내려앉는다.

4부

천상의 정원

천천히 바람이 안내하는 대로 걸었다. '천상의 정원'에서만 지켜야 하는 규칙을
익히면서 말이다. 바람이 지나는 길이 나오면 잠시 비켜서서 기다려주고 나뭇
잎이 춤을 추면 바라보면서 자연의 고마움과 함께 순응하는 법을 배워 보기도
했다.

-〈천상의 정원〉 중에서

사막의 그믐달

별이 쏟아진다. 아침 여명에 그믐달이 지평선에 걸려 가느스름하게 빛나고 있다.

이집트 여행 중 백사막에서 1박 2일 야영하는 일정이 있었다. 아침 일찍 야영에 필요한 간단한 짐만 챙겨서 호텔을 나섰다.

지프 한 대에 네 명씩 타고 작은 트럭에는 차의 몸보다 더 큰 짐을 싣고 순서대로 출발하였다. 복잡하고 교통체증이 있는 도시를 빠져나와 어느새 열대의 정글 속을 달렸다. 그것도 잠시 차츰 큰 나무들이 시야에서 사라지더니 키 작은 풀들이 보일 뿐이었다. 이름 모를 사막의 입구에 도착한 것 같았다. 43도가 넘는 기온과 땅에서 올라오는 열기는 말할 수 없이 뜨거웠다.

건조한 이집트 날씨는 기온이 아무리 높아도 그늘 속으로 들어가면 시원했다. 이슬람 여인들이 히잡을 쓰듯 우리도 얇은 스카프로 머리를 덮고 얼굴을 감쌌다. 물론 모래바람을 막기 위하여 서

글라스는 필수품이었다. 앞 차와의 안전거리 확보도 넉넉해야 했다. 무작정 따라가다가는 앞 차가 일으키는 모래 흙먼지를 오롯이 뒤차에 앉은 사람들이 뒤집어쓴다. 문명의 이기인 에어컨과 선풍기보다도 그냥 창문을 열어 놓고 달릴 때 일어나는 자연 바람이 제일 시원했다.

드디어 사막에 도착했나 보다. 전후좌우 어디를 봐도 곱고 흰 모래와 자연의 바람이 만든 하늘과 맞닿은 모래 언덕뿐이었다. 바람이 이리 쓸고 저리 쓸어 멋진 모래조각을 만들어 놓은 것 같았다. 모래 위의 뜨거운 열기는 봄날의 아지랑이보다 더 세게 가물가물 올라가고 있었다. 문득 자동차가 모래 위를 잘 갈 수 있을까 걱정이 되었다.

달리는 차들은 운전기사의 실력에 따라 승객을 위한 곡예가 시작되었다. 사막 위를 빙글빙글 돌아 현기증이 일어났지만, 어지럼증 속 세상은 아름다웠다. 자동차도 땀을 흘리며 크렁크렁 높은 모래 언덕을 쏜살같이 올라가 봉우리를 따라 달리다 스키를 타듯 계곡으로 빠르게 내려올 때는 심장이 멎을 듯한 짜릿함을 느끼기도 했다. 어느새 비명인 듯 함성을 지르고 있었다.

자동차는 다시 줄지어 달려갔다. 사막의 높은 언덕에 나란히 앉아 지평선으로 지는 일몰의 장관을 보았다. '어린 왕자'의 마지막 장면이 떠오른다. 그 사막이 청춘의 가슴처럼 핑크빛으로 불그레하게 물들더니 점점 장년의 왕성한 혈기처럼 활활 불타듯 붉게 빛났다. 노을은 서서히 황금빛으로 변하며 긴꼬리를 남기고 사라져갔다. 하루를 뜨겁게 달구었던 태양은 못다 한 열기를 빨갛게 하늘에 길게 남긴 채 지평선 아래로 차츰차츰 몸을 감추어가고 있는 듯했다. 큰 아쉬움을 남기고 가는 노을에 눈물이 핑 돌았다. 일출과 일몰은 언제 보아도 경이롭고 마음을 울컥하게 한다. 순간 딸과 아들의 함박웃음이 노을 속으로 보였다가 사라졌다.

말로 다 표현할 수 없는 감동을 가슴에 안고 차에 올랐다. 이제 목적지가 얼마 남지 않았다고 했다. 노을 붉은 하늘 속으로 달려갔다. 조금 더 가니 우리가 하룻밤 묵을 텐트가 둥그렇게 설치되어 있었다. 텐트 안쪽으로는 둥글고 넓게 모닥불이 피워져 있고 활활 타는 장작불 위에는 저녁으로 먹을 닭고기가 익어가고 있었다. 모닥불은 밤새도록 조금이나마 우리를 따뜻하게 해줄 것이라고 했다.

해가 지고 나니 추위가 몰려온다. 사막의 낮 기온은 40도가 넘는데 밤 기온은 영하로 내려간다는 것이 실감 나는 순간이었다. 겨울 패딩이 준비물인 이유도 알게 되었다. 사막여우가 나타나니 조심하라는 주의를 듣고 텐트 안으로 들어갔다. 바닥에는 두꺼운 카펫이 깔려있고 겨울 담요를 덮었는데도 너무 추워 패딩 코트를 벗을 수가 없었다. 몸을 웅크린 채로 남편과 서로 의지하고 추위를 이기며 잠이 들었다. 옆 텐트의 코골이 소리에 잠이 깨어 밖으로 나갔다. 혹시 사막여우를 볼 수 있을까 했는데 사막여우는 보이지 않고 자연이 주는 뜻밖의 큰 선물을 받았다.

새벽 어두컴컴한 하늘에서 쏟아질 듯 빛나고 있는 별들을 보며 가슴이 벅찼다. 아니 숨이 멈춰버릴 것 같았다. 멀리 지평선에는 해

돋이 노을이 불그스레하게 올라오고 있었다. 그때 아가의 손톱무 늬같이 작은 달이 보였다. 그믐달이었다. 노름꾼이 밤을 새우고 새 벽녘 화장실에 갈 때 볼 수 있다는 그 그믐달이 지평선에 걸려 나 를 보고 웃고 있었다. 점점 상아색으로 빛이 바래가는 달은 첫사랑 의 고백처럼 가슴 두근두근 감격하게 했다. 사막여우를 만난 것보 다 더 크게 가슴이 쿵쾅쿵쾅 뛰었다. 남편과 함께 밤새워 이야기하 며 아침을 맞았던 신혼의 떨리는 가슴을 되새기게 했다. 빛나던 별 들이 차츰 빛을 잃어 갈 때 작은 그믐달도 서서히 은은하게 반짝이 며 조금씩 밝아지는 여명에 남은 빛을 이어주는 듯했다. 그믐달은 다시 돌아올 밤을 꿈꾸며 잠드는 것처럼 보였다. 지평선의 달을 볼 수 있는 짧은 순간이 아쉬웠지만 경이롭기까지 했다. 몇 번이고 탄 성을 지르며 우리 집 거실에서 마주했던 그믐달을 생각해보았다. 그 그믐달에도 흥분하여 가슴 뛰던 순간이었는데 이국의 하늘 지평 선에 걸려있는 그믐달은 첫사랑의 설렘 그 이상이었다.

지평선도 보기 드문 우리나라에서는 쉽사리 볼 수 없는 풍경이 라 오래도록 가슴속에 남아있으리라. 서서히 해가 높이 떠오르고 있다. 지평선에 걸린 하얀 그믐달의 미소는 잊을 수가 없었다. 정말 가슴 벅차게 아름다웠기 때문이다.

단양팔경

잔뜩 몸을 부풀린 참새의 짹짹거림과 높은 산 위로 떠오르는 태양이 창문을 기웃기웃 잠을 깨웠다. 아직도 따뜻한 온돌방을 벗어나기 힘든 것을 보니 봄이 오려면 멀었나 보다.

단양팔경의 제1경 도담삼봉과 제2경인 석문은 어제 올라오면서 제일 먼저 관광을 하고 수양개선사유물전시관과 단양의 명물인 수양개빛터널 등을 관광했다. 이틀째 단양 관광 중이다.

구불구불 2차선 도로를 달리는 산골이지만 넓은 냇물과 함께 기암절벽이 어우러져 많은 관광객들이 찾는 사인암에 도착했다. 붉은빛을 띠고 웅장하게 우뚝 솟아 소나무로 머리를 장식한 바위 절벽은 어떻게 생겨났을까, 시루떡을 칼로 자른 듯 반듯하게 잘려진 저 모양은 오래전 누군가가 깎아 세운 것은 아닐까. 자연의 위대함에 고개 숙일 뿐이다. 냇가의 찬바람이 얼굴을 따갑게 스쳤다. 그래도 남편과 함께여서 춥지 않고 행복한 순간이다. 손을 꼭 잡고 사인

암 암벽 뒤에 자리한 삼성각을 올라가기로 했다. 깎아지른 듯한 경사의 계단을 올라갔다. 어두컴컴하고 작은 돌 법당 안에는 누군가의 애틋한 기도를 들어주는 부처님이 모셔져 있었다. 잠시 멈춰 서서 한참을 보고 내려왔다. 계단에 살짝살짝 얼음이 있어 오르는 것보다 훨씬 힘들었다. 올라갈 때 보지 못했던 바위틈의 아기 불상들이 눈에 보였다. 정말 앙증맞고 익살스러웠다. 큰 바위의 틈마다 놓여 있는 작은 동자승은 저절로 웃음 짓게 했다. 머리가 큰 동자승, 배가 뚱뚱하여 저고리 사이로 배꼽이 보이는 동자승 등등 올라갔다가 내려오는 힘듦을 잠시 잊게 해주었다. 삼성각의 큰 부처님 시중을 드는 애기 부처님들인가보다.

삼성각에서 내려와 요사채 앞을 지나는데 요사채 앞에는 금방 구운 따끈따끈한 떡이 놓여 있었다. 방문한 관광객을 위한 스님들의 배려였다. 한쪽을 집어 들고 사인암을 뒤로하며 상선암으로 출발했다.

맑고 깨끗한 물과 모난 곳이 한 군데도 없는 하얗고 깨끗한 둥근 바위들이 냇물 가득 있었다. 밤새 누군가가 우리를 맞으려고 닦아 놓은 듯 깨끗하고 하얗다. 그 사이를 흐르며 봄을 깨우는 물소리는 버들강아지들의 고향, 어느 물가에 앉아있는 느낌이었다. 조용한 대자연의 느낌 속에서 한참 동안 찬바람을 맞으며 서 있었다. 차츰 남쪽의 봄소식을 이야기하는 바람은 개나리 꽃망울을 키우고 있었다.

중선암으로 해서 하선암까지 갔다. 모두가 꾸밈없이 자연스러운 비경이었다. 물흐름만이 그들을 옮겨 놓을 수 있을 뿐 아무도 억지로 움직여 꾸밀 수 없는 상황이 마음에 들었다. 바위의 모습들을 보면서 우리도 있는 그 자리에서 충실하며 불평불만 없이 살아가는 사회가 되었으면 좋겠다는 생각을 해보았다.

하선암에 도착해 보니 조용하고 찬바람도 없이 봄을 깨우는 물소리가 더 크게 들렸다. 먼 곳의 바람은 지난여름의 추억을 이야기하는 듯했다.

이제 단양팔경 중 6경까지 보았다. 마지막 남은 2경을 보기 위해 출발하면서 도예의 장인이 있다는 방곡도예단지를 찾았다. 조용한 산골 골짜기마다 어쩌면 예상하지 못했던 모습들을 보여주는지 놀라웠다. 전시장으로 먼저 들어갔다. 앙증맞은 식탁의 소품에서부터 집안을 장식할 수 있는 도자기 장신구는 물론 계절마다 바꾸고 싶은 밥그릇과 대접들 그리고 예쁜 접시, 찻잔 등 모두 가지고 싶었다. 그중 봄이 되면 분위기를 바꿔줄 접시를 몇 개 샀다.

단양의 마지막 비경을 보기 위하여 유람선을 타기로 하고 출발했다. 이십여 분을 달려 도착한 장회나루, 주변 풍광은 옛 그대로였으나 건물은 새롭게 단장이 되어 깔끔했다.

우선 배의 승선권을 먼저 사고 선착장 휴게 식당에서 더덕 정식으로 늦은 점심을 먹고 잠시 배가 출발하기 전까지 쉬었다. 오후였지만 선착장 주변의 바람은 옷깃을 여미게 차가웠다.

배에 탈 시각이 되었나 보다. 한 무리의 사람들이 선착장으로 이동하는 모습이 보였다. 가슴으로 파고드는 찬바람을 품으며 내려갔다. 장회나루에서 청풍나루까지 가는 유람선에 올랐다.

뿌우웅~~~ 뱃고동을 울리며 출발했다. 여름이었으면 승객들 모두 갑판으로 올라가 시원한 바람을 맞을 텐데 오늘은 모두 찬바람을 피하여 선실에서 바깥 풍경을 감상하고 있다. 우리만 갑판에서 가끔 물방울까지 맞으며 찬바람과 동무하여 단양의 마지막 비경인 구담봉과 옥순봉을 둘러보았다. 옛 추억이 뭉게구름처럼 피어올랐다. 지금은 장성한 딸과 아들이 어렸을 적 가끔 나들이왔던 곳으로 녀석들의 밝고 환한 얼굴과 웃음이 허공에 보이며 목소리가 들리는 듯했다.

구담봉과 옥순봉의 기암절벽 위로 가족이 함께 여행하고 있어 눈을 뗄 수가 없었다. 멀리 월악산의 미인봉과 금방이라도 날아오를 듯한 금수산 등 자주 왔던 곳이지만 지금 보는 풍광에 대한 느낌은 사뭇 달랐다. 찬바람 스치는 충주호는 골골의 봄소식을 모아 우리에게 보내고 있는 듯했다.

단양의 여행이 모두 끝나고 노을과 함께 차츰 저녁이 오고 있었다. 추억과 사랑을 먹고 산다는 인간인지라 무엇과도 바꿀 수 없는 또 하나 나만의 추억과 사랑을 단양팔경과 함께 가슴에 새기며 어둠 속을 달렸다. 아직 남은 겨울을 밀어 보내면서 봄의 커다란 모란꽃 꽃망울을 가슴에 안고 돌아왔다.

봄과 나란히 손을 잡고……

양반길

뿌연 회색빛 하늘이 일으키는 몸을 무겁게 했다.

물먹은 솜처럼 어깨가 너무 무거웠다. 설거지를 마치고 돌아서니 언제 그랬느냐는 듯이 파란 하늘이 환한 빛을 선물하고 있었다. 좀 늦기는 했지만 길 나설 채비를 했다. 쌉싸래한 맛의 커피도 두어 잔 준비하고 다람쥐가 나누어준 알밤을 삶아 껍질을 까놓았던 것도 주머니에 챙기고 달콤한 포도와 대추도 포장해서 넣었다.

소풍 가는 유치원생처럼 콧노래를 부르며 집을 나섰다. 어제저녁보다 많이 달라진 가로수 은행나무는 밤새 노랗게 옷을 바꾸어 입었다. 차창으로 보이는 들은 온통 황금을 뿌려 놓은 듯 바람에 일렁였다. 깊어 가는 가을을 따라가 손을 잡으려고 달려갔다.

꼬리에 꼬리를 물고 달리는 자동차들은 어디로 가고 있는 것일까? 갈림길이 나올 때마다 약속이라도 한 듯 앞에 가던 자동차가 줄어들었다. 얼마나 많은 들을 지났을까. 눈앞에 나타난 괴산댐의 수문은 언제 물이 흘렀을까 알 수 없게 말라 있었다. 그 수문을 보면서 상류의 물을 다 담을 수가 없어 참고 참았다가 한꺼번에 쏟아내어 하류를 온통 물바다로 만들었던 지난해의 수해 상황이 생각났다. 참혹했던 그때의 흔적은 찾아볼 수 없었지만 훅 스쳐 지나갔다.

댐 밑의 다리를 건너 차선도 없는 산 중턱의 길을 아슬아슬하게 달렸다. 맞은편에서 차가 오면 어떻게 할까, 가슴이 조마조마하여 오른쪽 낭떠러지 호숫물이 무서워 산 쪽으로 붙어서 달렸다. 2km쯤을 달려 연화협구름다리 주차장에 도착했다. 휴~~ 작은 안도의 숨을 내쉬면서 차에서 내렸다. 다리가 후들후들 떨렸다.

다리를 건너려고 올라가니 공기 맑은 경관 속에서도 발열 체크는 예외가 아니었다. 1차 관문을 통과하여 다리를 건너기 시작했다. 미세하게 흔들리는 느낌에 잔뜩 긴장하면서도 겉으로는 아닌 척 걸었다.

연화협구름다리에서부터 양반길이 시작되었다. 다리의 끝에서 오른쪽으로 가는 외자욱 길로 접어들었다. 양반길은 그 옛날 갈론 지역에 살던 사람들이 다니던 길로 산막이옛길과 이어져 칠성면까지 오고 갔던 길이다. 좁으면서도 호수를 따라 구불구불하고 짧은 거리지만 오르막과 내리막이 반복되는 길이었다. 한 발만 잘못 디뎌도 호수의 물로 빠질 것 같은 느낌에 거북이처럼 느리게 발걸음을 옮겼다.

이번에는 호수의 물이 문제였다. 자꾸 일렁이며 호수 옆을 걷는 나를 부르는 듯 어지러워 정말 혼났다. 물도 무서운데 길바닥에는 돌들이 뾰족뾰족해 더 힘들게 했다. 그 권세 높은 양반들이 어떻게 이런 길로 다녔을까 생각하면서 천천히 걸었다. 그렇게 힘들게 얼마나 걸었을까 겨우 주변의 구절초꽃과 취나물 꽃이 눈에 들어왔다. 간신히 사진을 찍고 보니 또 무서워 기어가듯 걸었다. 그제야 날다람쥐처럼 산을 타던 옛날이 있었다는 사실이 생각났다.

다른 사람들과 함께 산을 오르면 항상 앞에서 이끌며 갔었는데 높은 산도 아닌 호수 옆길을 걸으며 이렇게 벌벌 떨다니 나이 먹었음이 조금은 한심하게 느껴졌다.

어느새 인생의 가을을 맞아 익어가는 인생이 되었는지 기억도 나지 않는 시간이 되었다. 누군가 그랬다. 미래는 예측할 수 없다고, 하지만 잘 계획하고 자신을 사랑하며 한 편의 연극에서 수인공으로 남을 수 있게 살아야겠다. 한참 만에 소나무 숲의 편안한 길을 만났다. 후유~ 안도의 한숨을 몰아쉬며 잠시 쉬어갈 수 있게 만들어 놓은 벤치에 앉았다. 무섭게 보였던 호수의 물이 얼굴을 바꾸어 주름진 웃음으로 나를 반겼다. 어지럽게 찰랑대던 물이 아니라 여유를 느끼게 하는 물로 부드럽게 보였다.

준비했던 따뜻한 커피를 한 모금 마시고 나니 호수의 반짝이는 햇살이 가을의 고운 단풍을 한 움큼 흩뿌렸다. 무서움을 느꼈던 양반길을 벗어나니 깊은 가을의 아름다운 단풍들이 눈에 들어왔다. 빨간 단풍잎 노란 은행잎이 저마다 고운 빛깔을 뽐내며 고운 가을을 노래하는 듯했다.

햇빛에 반짝이는 은물결 위에는 오색 단풍잎이 해님과 숨바꼭질

하고 있었다. 문득 내 인생은 어디쯤 가고 있을까, 잘하고 있는 것일까 생각하게 되었다. 인생 100세 시대라고들 하는데 생각하면서 앞으로 얼마나 더 누릴 수 있을지 아무도 모른다고 생각했다.

가을과 함께 깊어 가는 인생을 앞세우고 또 옛날 양반들이 출세를 위해 다녔던 길을 걸으며 보이지 않는 앞날을 생각해보았다. 미래가 호수의 물처럼 흘러가기를 기대하면서 많은 사람들의 노력으로 편안한 삶을 살고 있음에 고마웠다.

천상의 정원

비가 그치고 하늘이 맑아지려나 온통 안개가 동네를 덮어버렸다. 알록달록 아름다운 단풍이 보이지 않아 궁금했다. 일찍 나가려고 했는데 안개가 너무 짙어 기다렸다가 집을 나섰다. 부분부분 안개가 걷히기 시작했고 언뜻언뜻 해가 보이기도 했다. 내 마음속 기다림처럼

목적지는 가까운 옥천에 있는 '천상의 정원'이다.

은행나무와 벚나무 가로수 단풍이 아름다운 지방도로 가기로 했다. 안개가 질투하는 것일까 온통 산을 덮어 예쁜 단풍을 볼 수 없게 방해했다. 아름다운 가을 자연의 알몸을 보지 못할까 봐 걱정이 컸다.

집을 출발하여 문의가 가까워질수록 안개는 걷히고 있었다. 노란 은행나무와 함께 대청호가 보였다. 아름다운 은행나무를 흔들어 떨어지는 가을을 뒤로하면서 조용하고 한적한 길로 접어들었다. 우뚝 솟은 샘봉산 봉우리도 노랗게 물이 들었고 가로수는 빨간색으로 주

변은 모두 그림 액자 같았다.

구불구불하고 올라갔다 내려갔다를 반복하며 달렸다. 엽티재에 올라서니 구불구불 올라온 길이 한눈에 보여 장관이었다. 빨간색으로 물든 벚나무 가로수는 누군가 그려놓은 화려하면서도 고급스러운 그림 같았다.

그렇게 그림 위를 달려 도착했다.

여름의 짙은 초록의 느낌과는 사뭇 달랐다. 눈앞에 보이는 작은 문 앞에는 아무것도 보이지 않았다. 어두컴컴한 분위기는 두려움을 느끼게도 했다. 늘 이 작은 문을 들어서려면 마음이 경건해졌다.

천천히 입구의 작은 문이 열리고 몸을 최대한 굽혀야 머리를 부딪치지 않고 들어갈 수 있었다. 어쩌면 정원의 이름에서 만난 천상의 세계를 들어서기 위해서는 자신의 모든 것을 최대한 낮추고 버려야 한다는 것은 아닐까?

문 안으로 한발만 들여놓으면 '천상의 정원'이다. 가슴이 두근두근 떨렸다. 한발 들여놓으며 굽혔던 허리를 펴는 순간 빛과 함께 보이는 경치는 신비스럽기까지 했다. 봄에 상아색 꽃이 주렁주렁 매달려 있던 히어리는 노랗게 물들었고 나뭇잎을 갈색으로 말려 떨어뜨리며 봄의 꽃망울을 통통하게 키우고 있었다.

정원의 중간에 언덕의 중심을 이루며 누워있는 커다란 검은 바위를 지나갔다. 주변에는 철마저 잃은 꽃들이 하얀 서리를 머리에 쓰고 웃고 있었다. 검은 큰 바위는 자기보다 작은 돌멩이와 자갈, 모래 등을 이곳저곳에 품고 있었다. 갈라져 골짜기처럼 생긴 곳에서는 맑은 폭포 물이 쏟아질 것 같았으나 폭포는 보이지 않고 빨간 물이 든 조팝나무가 자라고 있었다. 마치 붉은 단풍의 붉은색 폭포 물이 흐르고 있는 것 같았다.

천상의 세계는 이런가 보다. 척박해 보이는 바위가 모두를 품고 가꾸듯이 함께 어우러져 서로서로 사랑하며 살아가는가 보다. 서로를 보듬지 못하는 우리 인간들이 배우고 지켜가야 할 것은 아닐까?

바람이 상수리나무를 어루만지며 살랑살랑 흔들었다. 노란 잎들이 회오리를 타고 춤을 추며 낭떠러지 밑의 대청호 품으로 조용히 내려앉는다. 잔잔한 물결이 어머니 품처럼 안아 준다. 행복의 아우성이 들리는 듯했다.

사느락길을 안전하게 걷게 하려고 어디는 데크를 깔고 계단도 만들었다. 조용한 바람 소리, 나뭇잎의 속삭임, 곤줄박이의 짝을 부르는 소리, 조용한 물소리는 모두 손을 잡고 내 앞에 서서 바람이 지나는 길로 가고 있었다. 우리도 뒤따라 침묵하며 걸었다. 자연의 편이 되려고 말이다.

천천히 바람이 안내하는 대로 걸었다. '천상의 정원'에서만 지켜야 하는 규칙을 익히면서 말이다. 바람이 지나는 길이 나오면 잠시 비켜서서 기다려주고 나뭇잎이 춤을 추면 바라보면서 자연의 고마움과 함께 순응하는 법을 배워 보기도 했다.

상수리나무가 우거진 높고 작은 언덕에 도착했다. 발걸음이 머문 곳은 대청호가 한가득 보이며 큰 상수리나무 밑에 자리한 작은 교회였다.

십자가만 모셔진 작은 곳.

긴 의자가 달랑 두 개 놓인 곳.

믿음도 없으면서 두 번도 생각하지 않고 누군가가 잡아당기듯 안으로 끌려들어 가 십자가 앞에 앉았다. 넓은 하늘과 함께 보이는 호수에 압도되어 생각할 겨를도 없이 뜨거운 눈물을 왈칵 쏟았다. 가족이란 두 글자가 애잔하게 떠올라 가슴이 먹먹했다.

천상에서의 편안함도 안개 속 같은 현실에서는 도무지 보이는 것이 없는 듯했다. 아침 안개 속에서 오색 가을 단풍을 걱정했듯이 지금은 십자가 앞에서 가족의 미래와 안위를 생각해보았다. 가족을 위하여 혼자서 뇌까려보는 넋두리가 하나씩 하늘로 올라간다. 아직도 바람은 상수리나무를 간지럼 태우며 나무의 겨울맞이를 돕고 있나 보다.

노란 단풍잎 꽃비가 머리 위로 내렸다. 모든 상념을 호수에 버리고 천천히 현세로 돌아왔다. 출구의 노랗고 빨간 물 칸나꽃이 바람에 일렁일렁 손 흔들어 배웅했다.

행복을 내 손에 한 줌 쥐여주면서.

수옥폭포

가뭄이 들면 마르는 폭포를 본 적이 있는가? 소나기가 내리면 잠시 산골짜기에 물이 많이 흘러내리거나 산 절개 지에 생긴 것도 아닌데 괴산에 가면 가뭄에 마르는 폭포를 볼 수 있다. 20년쯤 전 처음 마주했을 때는 폭포라고는 느껴지지 않고 그냥 낭떠러지처럼 느껴졌었다. 봄 가뭄이 심한 오월이었기 때문이다. 바위에 물이 흐른 흔적 외에 물줄기는 없었다. 그 후로는 다시 가보려고 생각도 해보지 않았다.

가을의 스산한 발길을 따라 폭포까지 가게 되었다. 처음 갔을 때보다는 잘 정리가 되어 있어 안내표지에 따라 작은 냇물을 거슬러 올라갔다. 어릴 적 고향 집 앞 개울 같은 느낌이었다. 이곳 어디에선가 하얀 수건을 쓰신 어머니가 빨래를 하고 있을 것 같아 기웃기웃 주변을 살폈다. 숲이 우거진 그늘로 어두컴컴한 자갈길을 한참 걸어갔다. 저 골짜기에 폭포가 있기는 한 것일까? 그저 조용한 산책길 같은 느낌이었다. 여느 폭포라면 물 떨어지는 소리가 요란하게 들렸을 텐데 가까워져도 소리가 없었다.

생각하는 동안 발길은 수옥정 폭포 앞에 도착했다. 수옥폭포는 조령 삼관문에서 소조령을 향하여 흐르는 물줄기가 만든 폭포로 20m 정도의 높이에 삼단으로 이루어져 있으며 소나무와 느티나무가 주변을 감싼 폭포는 아늑한 느낌을 주었다. 파란 하늘빛이 쏟아내는 폭포의 물줄기는 여느 폭포처럼 우렁차지도 않고 물도 적었다. 조용히 바위 절벽을 타고 흘러내리는 물줄기는 저녁 밥상을 차리고 있는 아낙네의 뒷모습처럼 여리게 흐르고 있었다. 이래서 숙종 때 조유수는 바위를 깎아 웅덩이를 만들었나 보다. 위에서 흘러내린 물이 모였다가 한꺼번에 쏟아지며 우렁찬 소리를 내도록 말이다. 폭포 앞 너럭바위에 앉아 동그랗게 보이는 하늘에서 내려오는 가느다란 물줄기를 한없이 바라보았다. 우렁찬 소리도 없고 물보라도 없이 부드럽게 흐르는 물줄기는 어머니의 손길처럼 편안한 느낌을 주었다. 떨어지는 물소리는 없어도 최선을 다하여 흐르고 있는 듯 보였다.

사실 수옥폭포를 한자로 쓰면 다음과 같은 뜻을 가졌다. 漱玉瀑布(수옥폭포)의 '수'는 '양치질할 수'로 여러 가지 뜻을 지니고 있지만, 여기에 어울리는 뜻으로는 '물이 언덕에 부딪혀 흐름'이란 뜻으로 쓰여졌단다. 이제야 이해가 간다. 우렁찬 소리가 없어도 아름다운 폭포가 될 수 있었던 것은 지명에서 유래가 된 것인가 보다. 지명은 어떻게 만들어졌을까? 물의 흐름에 따라 폭포의 이름을 지었을까 이름을 따라 소리 없이 흐르는 폭포가 되었을까, 갸웃갸웃 의문만 생길 뿐이었다. 조용한 폭포는 가을의 정취와 잘 어울렸다.

폭포는 늘 조용하지만은 않다. 여름의 장마가 그치고 나면 제법 우레와 같은 소리를 내며 씩씩하게 흐를 때도 있단다. 수옥폭포에서 풍류를 즐기던 통신사 일행이 남긴 「동사일기」에는 '고목이 울창하게 뒤얽힌 공중에 달린 폭포는 십여 길이 넘고 가루분처럼 튀는 물방울을 보니 마치 눈이나 서리 같고 폭포수는 돌항아리에 그대로 쏟아져 내려 조그마한 못을 이루었다'라고 적혀 있단다. 내가 느끼지 못한 여름의 폭포를 그대로 표현하여 우렁차고 씩씩한 폭포수를 직접 본듯했다. 비가 많이 내리지 않는 봄과 가을에만 보고 느꼈던 수옥폭포의 진면목을 다음 여름엔 꼭 느껴 볼 셈이다.

고려 공민왕이 홍건적을 피하여 이곳으로 왔을 때 소리도 없이 조용히 떨어지는 폭포를 보며 비통함을 달랬다는 이야기가 있다. 공민왕의 슬픔을 알고 있는 폭포는 큰소리를 내며 울지도 못하고 숨죽여 눈물만 흘렸나 보다. 백성들을 버리고 혼자만 피신했던 공민왕의 가슴 아픈 슬픔이 새삼 더 크게 느껴졌다.

이런 애절함이 담겨있는 수옥폭포를 정자에 올라서 보니 소리도 없는 비단결 같은 물줄기의 자태가 한눈에 들어왔다. 탄성이 절로 나왔다. 그 아름다움을 무엇으로도 표현할 수 없는 상황에 숨이 막힐 지경이었다. 정자의 한쪽 면 기둥들이 액자의 틀 그대로였다. 그냥 물 흐르는 한 폭의 산수화로 들어왔다. 어느 방향에서도 볼 수 없는 폭포의 비경이었다. 조용하게 흐르는 저 물줄기를 보며 누구

는 정사를 생각했고 누구는 백성을 생각하는 비통함의 눈물을 달랬
으려니 생각하니 조상들의 풍류와 아픈 감성을 고스란히 느낄 수가
있었다. 자연의 비경이 있는 곳엔 누군가 선조들의 역사가 남아있
으니 말이다. 폭포 벽 너른 바위에도 조유수가 썼다고 전해지는 한
자로 쓴 글자와 한시가 굴곡진 풍파에 씻겨 둥글둥글하게 흔적으로
보였다.

　이름있는 명창은 폭포 아래서 득음했다고들 하는데 수옥폭포는
소리꾼들의 득음 장소로는 어울리지 않지만, 선비들의 글 읽는 낭
랑한 소리와 부드럽고 나직한 정가가 들리는 듯했다. 그저 조용히
흐르는 물줄기는 상념을 날려버리기에 좋았다. 멋진 가을의 비경
속에서 명화 한 편을 감상한 듯 부드러운 폭포의 선과 누구도 표현
할 수 없는 색감을 가진 나무들의 고운 단풍이 잠시 몸과 마음을 편
안하게 해주었다. 새삼 자연과 동화되어 살았던 선조들의 여유와
부드러운 마음의 배움을 안고 가을이 부른 여행의 마침표를 찍으려
한다. 아름다운 자연 속에 남은 선조들의 희로애락 속에서 힘을 얻
고 돌아왔다.

　부모님들이 자식에게 주는 무한의 사랑처럼 수옥폭포로의 가을
나들이는 자연의 무한한 기쁨과 행복을 안겨주었다. 자연의 모든
것들이 열매를 맺는 이 계절, 지친 우리에게도 멋진 꿈과 희망의 결
실이 있기를 응원해 본다. 차갑지만 부드러운 바람이 깊어 가는 가
을의 멋진 길잡이가 되는 듯했다.

등잔길에서

파란 하늘이 아우성친다.

나를 밖으로 부르는 것이었다.

하늘의 부름에 따라 좌구산 아래에 있는 삼기저수지로 갔다. 저수지 주변 산책로인 등잔길을 걸으려는 것이었다.

많은 사람들이 가족 단위로 나와 즐기고 있었다. 아장아장 걷는 아기의 손을 양쪽에서 잡고 걷는 할아버지 할머니에서부터 아들의 부축을 받아 한 걸음 한 걸음 움직이는 할머니까지 재충전의 시간을 보내고 있는 듯했다.

한참 행복 바이러스를 안고 가는 무리를 따라 걷다가 걸음을 멈췄다. 등잔길 울타리에 붙은 화살표와 '일방통행'이라는 문구를 보았기 때문이다.

코로나19 때문일까, 등잔길 산책로의 걷는 방향이 일방통행이라는 것이었다. 코로나19가 산책로의 풍경까지 바꿔 놓은 것 같아 씁

쓸했다. 평소 걷던 코스대로 꽤 많이 걸었지만 서로의 안전을 위하여 돌아서서 오던 길로 다시 걸었다.

가능한 주변의 사람들과 최대한의 접촉을 피하며 모두가 밝은 표정으로 걷고 있었다.

저수지 주변 나무들이 물에 잠겨 오랜 시간 참고 견디다가 죽어가고 있었다. 이미 죽은 나무줄기에는 하얀 버섯이 꽃처럼 피기도 했다. 나무가 죽어 안타까웠지만, 그 자리에 버섯이 돋아 새로운 느낌을 주니 신비한 자연의 섭리를 생각하게 했다. 나무는 죽은 후에도 버섯꽃이 머리에서부터 발끝까지 피어 지나는 이들에게 아름다움과 웃음을 주었다. 귀하고 신기했다.

이쪽에서 보니 저쪽 산이 물속으로 내려와 목욕하는 듯하고, 저쪽에서 보면 이쪽 산이 물속에 들어와 찰방댄다. 온통 산들이 첨벙대며 잔물결을 만들어 찰랑찰랑 저수지를 주름잡았다. 어느새 맑은 물속에 비친 내 얼굴도 잔잔한 주름투성이가 되었다. 이름 모를 물고기 떼들은 주름진 물 위로 올라와 입을 뻐끔거리며 노래를 부르는 것 같았다. 아니 이야기하려는 듯한 느낌이었다.

높은 산의 그림자가 점점 내려오며 골바람이 일기 시작했다.

산 그림자가 길어지고, 골바람이 일어나니, 어릴 적 밭에 가신 어머니를 기다리던 생각이 났다. 산 그림자가 점점 검게 내려앉고 소쩍새가 울면 왠지 무서웠던 어린 시절, 어둠이 내 눈앞까지 내려와 차츰 먼 곳이 보이지 않을 때 저 멀리 검은 물체의 움직임이 가까워진다.

너무 무서워 두 손으로 얼굴을 꼭 가리고, "엄마~"하고 소리를 지르면 어느새 어머니는 내 앞에 서 계셨다. 어머니는 "우리 딸, 지금까지 여기에 있었어?"하시며 무거운 짐을 머리에 이고 있어도 웃으시며 손을 내미시던 어머니, 다시 한번 그때로 돌아가고 싶다. 거칠고 흙 묻은 어머니의 시꺼먼 손이지만 다시 한번 잡아보고 싶었다.

이제 모두 집으로 가려나 보다.

사람들이 잰걸음으로 바쁘게 움직인다. 급한 마음에 할머니는 따라오지 못하고 칭얼대는 손주를 등에 업고 힘겹게 가신다. 그래도 얼굴은 행복한 웃음을 지었다. 자연이 준 눈에 보이지 않는 선물을 한 아름씩 안고 삶의 활력소를 얻어 놀아가기 때문인가 보나. 집으로 가는 모두가 자연이 준 만족감으로 환하게 밝은 표정이었다.

차가운 물에 몸을 반쯤 담근 갯버들은 살랑살랑 움직이는 물결에 따라 빨간 뿌리를 흔들며 인사를 한다. 나 여기에서 그대를 기다리겠노라고 말이다.

그뿐이랴 조선의 학자였던 독서왕 김득신은 오늘도 말없이 책을 마주하고 있으며 잠시 휴식할 수 있는 자리까지 내어주었다. 살며시 옆에 앉아보았다. 눈길도 주지 않는 김득신은 역시 조선 최다 독서왕다웠다. 조심히 잘 가란다.

검은 산 그림자가 저수지로 내려온다. 어둠이 물을 검게 검게 물들인다.

어머니를 기다리던 그 어린 시절처럼 문득 무서움이 떠올라 남편의 손을 꼭 잡고 걸음을 재촉했다.

　물결이 찰랑대며 잡는 소리도 멀리하고 자연의 고마움에 감사하며 집으로 돌아왔다.

　등잔길에서의 편안함은 일상에서 지친 마음에 큰 위로를 받는 느낌으로 행복을 만끽하고 왔다. 때때로 찾고 싶은 아름답고 편안한 곳이었다.

정북동 토성

　무더위 끝자락에 솜사탕 같은 구름을 따라간 곳이 정북동 토성이다. 청주 도심에서 북쪽으로 조금 벗어나 초록 물결의 농로를 달려가면 만날 수 있는 곳으로 미호천 연안에 자리하고 있다. 그다지 찾는 사람도 많지 않은 곳이지만 사진을 찍는 사진작가들에게는 저녁노을 촬영의 명소로 잘 알려진 곳이다. 토성의 성곽에서 성을 지키고 있는 다섯 그루의 소나무들이 일몰과 함께 모델이 되어준다.

　정북동 토성은 우리나라에서 흔하게 볼 수 있는 석성과 달리 평지에 흙으로 성곽을 쌓아 올려 만든 성이다. 서울의 풍납토성과 몽촌토성을 포함하여 3대 토성 중 하나로 역사적 가치가 매우 크다. 멀리서 보면 초록의 들판처럼 보이지만 가까이 가보면 사방에는 성안으로 드나드는 문이 있다. 성곽으로 올라가면 장방형 모양의 네 모서리는 약간 높고 바깥으로 돌출되어 있어 치성 또는 각 루의 시설이 있었던 것으로 보인다. 성곽의 안쪽 초록 잔디 위에는 동서와 남북으로 길고 좁은 길이 만들어져 있다. 동서로 난 길의 북쪽에는 마을이 있었고 남쪽에는 논과 밭이 있었다고 한다. 북쪽 잔디밭에는 주거지였던 건물의 주춧돌 흔적을 볼 수 있었다. 성곽 밖으로는 외부세력을 막기 위한 해자 시설이 이중으로 되어 있다. 해자에는 가까운 미호천 물을 수로를 통해 끌어들여 이용했다고 한다. 지금도 물이 조금 있는 곳에서는 부들 몇 포기가 자라고 있는 것이 보였다. 그 바깥쪽으로는 물억새와 갈대가 병풍처럼 둘러서 자라며 성곽으로 불어오는 바람을 막아주고 있는 듯했다.

토성의 정확한 축조 연대는 알 수 없지만 최근 조사 발굴 결과 출토된 유물(돌화살촉, 돌창, 돌칼 등)에 따르면 청동기 말이나 원삼국시대(2~3세기경)에 최초 축성이 이루어진 것으로 추측한다고 했다. 그 외에 정북동 토성에 관한 이야기는 영조 20년(1744년)에 상당산성의 승장으로 있던 영휴가 쓴 「상당산성 고금사적기」에 기록이 되어 있다고 했다. 그 기록에 따르면 견훤이 궁예의 상당산성을 빼앗은 후 작강鵲江 지금의 까치내 옆에 토성을 쌓고 곡식을 보관하는 창고를 지었다고 기록되어 9세기 말에서 10세기 초 축조되었다고 기록되어 있단다. 정확한 축조 연대를 알 수 없는 정북동 토성은 1990년 충청북도 기념물 제82호로 지정되었다가 1999년에는 사적 제415호로 승격되었다고 한다.

정북동 토성은 전쟁을 위한 주민의 안전과 공격을 위한 성곽이 아니라 상당산성을 위한 부속시설이었던 것으로 기록이 되고 있다. 상당산성에 있는 사람들을 위한 곡물 등의 창고 같은 구실을 했던 성으로 미호강을 이용한 물자의 수송이 용이해서 만들어졌던 성으로 전해지고 있다.

정북동 토성은 청주의 북쪽에 있어서 정북동 토성이라고 부르게 되었을까? 궁금증이 생겼다. 왜 정북동 토성의 한자표기에 井(우물 '정') 자를 쓴 것일까?

정북동 토성을 가다 보면 행정 명칭으로 정상동도 있고 정북동도 있다. 여기에 사용한 '정'자 역시 모두 우물 정井자를 쓰고 있는 것으로 보아 청주의 북쪽에 있는 성이라 붙여진 이름은 아닌 것 같았다.

이것저것 찾으며 조사하다가 뜻밖에 해결점을 찾았다. 정북동 토성으로 가는 길목에는 정상과 정하, 정북동으로 부르는 기준이 되었던 돌꼬지 샘(네모배기 샘, 큰샘)이 있다고 했다. 충북선 철길을 지나 세종특별자치시와 청주공항을 연결하는 도로의 육교 아래쪽에 있는 마을의 입구에 잘 보존되어 있었다. 이 우물을 중심으로 위쪽 즉 북쪽은 정상, 아래쪽(청주시 내 쪽)은 정하로 불렀다고 했다. 정북동 토성은 그 우물을 기준으로 정북 쪽에 자리 잡고 있어서 그렇게 불렀단다. 이 우물은 오창 쪽에 살던 사람들이 청주 장날이면 오고 가며 목을 축이던 샘물이라고 했다.

사계절 조용하고 한가한 정북동 토성엔 다른 곳에서는 흔하게 볼 수 없는 꽃과 풀들도 볼 수 있었다. 식용과 약용으로 쓰이는 곰보배추가 서문 바깥쪽에 자라고 있고 깨끗한 쑥들이 동네 아주머니들을 불러 모으기도 했다. 동문 앞쪽에는 봄까치꽃(개불알꽃)과 큰개불알꽃, 봄맞이꽃이 앙증맞게 피어 꿀벌들이 윙윙대는 소리로 시끄러울 정도였다.

성곽의 둘레가 675m쯤 되는데 작은 꽃들에게 발길이 사로잡혀 한 바퀴를 걸으려면 한 시간도 넘게 걸리곤 했다. 가는 봄의 아쉬움을 느낄 때쯤에는 하얀 토끼풀꽃이 지천으로 피어났다. 꽃의 향기와 함께 어릴 적 추억에 젖어 꽃반지도 만들고 꽃시계도 만들고 화관도 만들어 머리에 써보았다. 성안의 북문 근처에는 개망초꽃이 하얗게 피어 눈이 내린 2월 어느 날의 모습과도 같아 보였다.

무더위가 절정인 어느 날 토성의 잡초는 말끔하게 머리를 깎은 것처럼 정리가 되어 있었고 성 안팎에는 백로 떼와 왜가리들이 한가롭게 먹이 활동을 즐기고 있었다. 놀라지 않게 하려고 조심조심 걸어도 어느새 알아차리고 첨병이 날아오르면 위험을 감지하고 따라서 하얗게 날아오르는 백로 떼의 모습은 장관이었다. 잡초에 휩쓸려 이름 모를 풀꽃들까지 깎여나가 없어져 나의 동심이 사라진 것 같아 조금 서운하기도 했다. 서운함도 잠시 해자 밖으로 자라고 있는 물억새와 갈대가 키 재기하며 어른 키만큼 자라 가을을 기다리고 있었다.

거의 매일 한 번씩 토성을 찾은 지가 1년이 넘었다. 처음엔 찾는 사람이 없었는데 요즘엔 주말이면 찾는 사람들이 점점 늘어나고 있다. 아이와 함께 연날리기하는 가족들을 종종 볼 수 있어 기뻤다. 성 주변에는 그 흔한 전선도 없어 아무것도 거리낄 것 없으니 연날리기가 더없이 좋은 곳이다.

이곳을 찾는 사람들이 성의 의미를 생각하면서 다녀가면 좋겠다는 생각이 들었다. 정북동 토성의 가치를 생각하며 오래도록 찾고 싶은 곳이다.

감성 깊은 야외수업

자꾸 정이 들어가고 깊이 친해져 가는 느낌이다. 수필 창작반 수업이 깊은 가을 낭만이 깃든 미동산 수목원에서 있었다.

옹기종기 한 차 한 차에 모여 앉아 미동산수목원으로 출발했다. 수목원으로 가는 길은 깊은 가을의 문고리를 잡고 바스락바스락 이야기를 하고 있었다. 겨울에게 자리를 내어주고 싶지 않은가 보다. 소풍을 나온 유치원생처럼 들뜬 흰머리 소년 소녀들이 차에서 내렸다.

차에서 내리니 골바람이 먼저 마중을 나왔다. 아침 쌀쌀했던 바람이 햇살이 퍼지니 훈훈해져 갔다. 상큼한 초가을 날씨였다. 야외수업에 참여한 일행은 조르르 교수님 뒤를 따라 작은 다리를 건너 종보존원으로 갔다. 빨갛게 익어 달달했던 산딸나무 열매도 모두 떨어지고 달고나 냄새로 온산을 맛있게 만드는 계수나무도 속살을 드러내고 팔을 들고 서 있다.

쌀쌀한 탓일까? 우리보다 먼저 온 사람들이 두어 팀 있었고 수목원을 방문한 사람은 그리 많지는 않았다. 탐방로 곳곳은 조용하고 한적했다. 옆 사람의 움직임 소리까지 느껴질 정도로 고요하게 느껴졌다.

온통 길을 덮어버린 나뭇잎들뿐이었다. 빨간 길, 노란 길, 연둣빛 길. 길에 누운 나뭇잎들은 모두 자신들의 고운 얼굴로 우리를 보고 있었다. 어제까지는 키 작은 인간이 올려다보아야 했을 고고했던 녀석들이 오늘은 우리에게 보아 달라고 발밑에서 바스락거렸다.

참새의 이야기도 까치의 이야기도 산을 넘어온 바람의 이야기까지 모두 품고 비밀을 지켜주었던 나무들이 모두를 내려놓았다. 새로운 계절을 준비하고 있었다. 저렇게 벗어버린 나무는 얼마나 추울까 휙 스치는 골바람이 더 차게 느꼈다.

부스럭부스럭 커다란 플라타너스의 잎, 버스럭버스럭 산딸나무 잎과 모감주나무 잎, 바스락바스락 쪽동백나무와 산목련 나뭇잎, 폭신폭신 발바닥을 감싸주는 메타세콰이어의 노란 잎새들, 가을 단풍의 여왕 단풍나무는 아직도 빨간 잎, 노란 잎을 내려놓으려는 생각이 없는 듯 햇빛에 반짝반짝 손을 흔들었다. 모두를 떨구어가는 나무는 새 계절을 맞이하기 위한 일이지만 우리 인간에게는 더없는 낭만의 선물이 되어주는 것이었다.

모두들 선물을 한 아름 안고 벙싯벙싯 웃고 있지만, 누군가는 즐겁고 행복한 추억이 생각나기도 하고 누군가는 가슴 시린 슬픈 추억이 생각나서 조금 남겨 실개천에 털어놓기도 했을 거다. 그래서 돌아올 땐 가슴 한편에 주먹만 한 행복의 밑씨를 하나씩 넣어서 돌아왔으면 좋겠다.

그저 천천히 각자의 체력에 맞게 걸었다.

양지바른 길옆 벤치에서 잠시 머물렀다. 각자 준비해온 간식이 나왔다.

손수 한 잎 한 잎 뜯은 쑥으로 만들었다고 하시며 내놓은 봄 쑥 향이 물씬 풍기는 절편과 노랗게 익어 새콤달콤하게 상큼한 귤이 모두의 기분을 좋게 해주었다. 누가 나이는 숫자에 불과하다고 했을까. 배려하고 보듬는 깊은 연륜을 어찌 후배들이 따라갈 수 있을까 생각했다. 새롭게 발을 내놓으며 두려움이 컸었는데 서로서로 다독이며 이끄는 마음속에서 조금씩 자신감이 자라고 있었다.

삼삼오오 함께 걸으며 이야기는 계속되고 걷기도 계속되었다. 싱그러운 가을 공기에 산이라도 넘어갈 수 있는 기세였다. 서로 이야기는 나누고 있지만, 각자의 가슴 속에는 각자의 시심과 글심을 잔뜩 살찌우고 있으리라 생각되었다.

또 다른 나들이의 즐거움은 먹을거리가 아니던가, 총무님의 수고로 미리 준비된 깔끔한 한정식 밥상을 마주했다. 정갈한 음식과 조용한 한정식집에서 대접받는 기분으로 식사하며 카페문학상 작품을 발표하고 서로서로 첨삭지도를 받았다. 자연 속에서 감정이 열린 탓일까, 모두 더 진지해 보였다. 즐거운 자연의 만남이 멋진 글을 한편씩 잉태해 냈으면 하는 바람이다.

아쉽지만 오늘 계획한 정해진 시각이 발길을 잡았다. 늦가을 문

우들의 나들이는 마음은 무겁게 살찌우고 몸무게는 살짝 줄여 돌아왔다.

눈이 호사한 오늘이 오래 기억될 것 같았다.

오색 나뭇잎들이 휙~~ 뒤를 따라 쫓아왔다.

갈대와 억새

　이슬이 가시기 전 정북동 토성은 한없이 조용하고 여유로움이 마음에 평화를 준다. 바람 시원하고 싱그러워 새로운 생각의 깨움을 느끼게도 한다. 아직 잠에서 깨어나지 않은 나비들과 깨어나는 곤충들을 찾아 아침 식사를 하러 온 까치들과 황로 떼들이 한 폭의 그림처럼 보였다.

　매서운 겨울바람이 슬그머니 자리를 내어준 정북동 토성에는 금세 초록의 물결이 펼쳐졌다. 제일 먼저 자리를 잡은 쑥과 곰보배추, 개망초 등의 뒤를 이어 올라 온 지칭개와 소루쟁이들이 꽃을 피울 때까지 갈대와 억새의 묵은 줄기들은 바람막이가 되어주고 있었다. 아무리 바람이 불어도 쓰러지지 않고 조금 기울어져 이리 흔들 저리 흔들 흔들릴 뿐이었다. 또 바람이 분다. 그냥 갈대와 억새의 머리를 살짝살짝 밟으며 지나갔다.

　토성의 성곽 밖으로 해자를 따라 둘레길이 있고 그 밖으로는 갈대와 억새들이 어울려 살아가고 있는 넓은 들이다. 때론 아옹다옹 경쟁하며 살아가는 인간들에게 어울려 살아가라는 울림을 주기도 한다. 우리나라의 물가나 산자락, 들, 어디서든 볼 수 있는 갈대와 억새들의 풍미를 작게나마 느낄 수가 있다.

갈대와 억새를 보는 사람 중에는 갈대도 억새로 억새도 갈대로 부르며 구별할 줄 모르는 이들이 많다. 자세히 보면 분명하게 구분이 되며 다름을 알 수 있다.

우선 사는 곳이 다르다. 갈대는 물을 좋아하여 강가나 냇가, 바닷가 등 모래땅에서 살고 있는 여러해살이풀이지만, 억새는 물을 싫어하여 산야의 양지쪽 언덕에서 잘 자라는 풀이다. 가끔 갈대 옆에서 볼 수 있는 억새는 무엇일까? 억새 종류 중 물을 좋아하는 억새로 물억새라고 하며 갈대와 잘 어울려 살고 있다.

갈대와 억새의 키는 1~3m로 비슷하게 자라지만 잎의 모양과 크기는 확실하게 다름을 보여준다. 갈대의 잎은 길이가 40~60cm이고 폭은 2~3cm로 억새보다는 넓다. 억새는 잎의 길이가 50~80cm이며 폭이 0.7~2cm로 갈대보다 좁으며 길고, 눈으로 보기에는 부드럽고 약해 보인다. 부드러워 보이는 잎을 손으로 만질 때는 조심해야 한다. 가장자리가 유난히 까칠까칠하여 손을 베일 염려가 있기 때문이다. 억새 잎을 자세히 보니 갈대와는 다르게 가운데 잎맥이 흰색으로 선명했다. 자세히 보고 나니 그냥 지나가면서도 잎맥의 흰 선이 확실하게 보였다. 이만하면 갈대와 억새를 구분할 수 있지 않을까 싶다.

끝으로 가을철에 구별하는 방법은 꽃으로 구별할 수 있다. 갈대는 시월경 꽃이 피는데 게으른 아낙네의 헝클어진 머리가 바람에 날린 모양이며 회색빛을 띤다. 억새는 갈대보다 이른 구월에 꽃을 피우는데 줄기 끝에 부채모양의 꽃을 피운다. 처음 꽃이 필 때는 붉은색을 띠다가 꽃이 지고 나면 금색과 은색으로 반짝여 보인다. 파란 가을 하늘과 어우러져 낭만을 주는 식물이다. 그러다가 겨울의 모진 바람에는 민들레 씨앗처럼 멀리멀리 머리에 이고 있던 씨앗을 날려 보내 더 많은 종족을 번식시킨다.

오월의 봄이 깊어지고 있다. 아직도 정북동 토성의 갈대와 억새 밭에는 작년에 자란 튼튼한 묵은 줄기를 볼 수 있다. 황금빛으로 일렁이며 와스락와스락 소리를 내며 서 있다. 언제쯤 새순이 나오려나 궁금하여 가만히 들여다보았다. 어느새 올라온 새순들이 한 뼘은 더 자라있었지만 지난 줄기는 꼿꼿하게 미동도 없이 서 있었다. 씨앗들은 모두 고마운 바람에 날려 보내고 아직도 할 일이 남아있는 것 같았다.

어느 봄밤, 보리 바람이 불어 시끄러웠던 밤이 지나고 이른 아침 토성을 찾았더니 묵은 줄기가 불에 타버린 곳에 새로 올라 온 갈대와 억새는 바람을 이기지 못하고 쓰러져 누워있었는데, 묵은 줄기가 서 있는 곳의 새 줄기들은 씩씩하게 이슬을 머금은 채 버티고 있었다. 그거였다. 여린 새순들을 보호하려고 묵은 줄기가 끝까지 서 있었던 것은 아닐까, 혼자 생각해보았다. 인간의 자식 사랑과 다를 바가 없다고 생각했다. 자식을 학대하는 비정한 부모들에게 귀감이 되는 식물인 것 같았다.

갈대와 억새는 그랬다. 새 줄기가 2m나 더 자랄 때까지 묵은 줄기가 꼿꼿하게 옆에 서 있었다. 새 줄기가 묵은 줄기의 키를 훌쩍 넘게 자라고 나니 묵은 줄기가 스르르 주저앉아 새 줄기들의 밑거름이 되어주는 듯했다. 그런 자연 현상을 보며 부모가 자식을 보살피는 것과 같다고 생각한 것이다.

갈대와 억새가 바람에 일렁인다. 갈대는 넓은 잎을 하늘로 쭉쭉 뻗어 손을 흔들고 있고, 억새는 부드러운 듯 잎의 끝을 살짝 늘어뜨리고 여린 듯 살랑살랑 일렁거린다. 하지가 지난 뜨거운 태양 아래서도 조금도 굴하지 않는 갈대와 억새는 파란 가을 하늘의 주인공이 되려고 씩씩하게 불타는 태양을 즐거움으로 맞이하고 있었다.

마로니에

강의실 책상에 누런 종이봉투가 놓여 있다. 교수님이 종이봉투를 열자 주먹만 한 알밤이 우르르 쏟아져 나왔다. 방금 나무에서 툭 떨어진 알밤이라고 생각했다.

얼핏 보면 알밤 같은데 모양이 삼 형제 알밤과는 달랐다. 무엇일까 들여다보니 몇 해 전 가로수 가지에서 툭 떨어져 만난 신기한 녀석들과 똑같은 것이었다.

남편에게 물어보니 마로니에 열매라고 했다. 이름이 예뻐 이름만으로도 낭만을 느낄 수 있었던 그 마로니에의 열매라니 놀라웠다.

마로니에는 1913년 네덜란드 공사가 처음으로 우리나라에 기증하여 덕수궁 석조전 옆에 심었다고 한다. 100년이 넘은 지금까지도 두 그루가 살아있어 덕수궁을 방문하면 마로니에의 고목을 만날 수 있다. 유럽 남부가 원산지로 공해에 견디는 힘이 강하여 도로변의 가로수로도 좋고 수형이 크고 병충해에도 강해 공원이나 건물 주변의 녹음수로도 좋다고 한다. 5~6월경에 향기 진한 하얀 꽃이 핀다고 한다.

우리나라에는 서울 종로구 동숭동에 마로니에 공원이 있으며 프랑스 파리의 몽마르뜨 언덕과 샹제리제 거리에도 마로니에로 유명하여 동서양의 사람들이 함께 모여드는 곳이라고 한다. 마로니에 열매는 독성이 있어 먹을 수는 없지만, 사포닌 성분이 많이 들어있어 소염제의 원료로 쓰인다고 했다.

교수님은 열매를 화분에 심고 살펴보라고 했다. 화분에 심기 전에 씨앗을 잘 관찰한 후 심고 새싹이 나오기를 기다리며 생각하고 그 느낌을 느껴보고 글로 써 보라는 것이었다. 글의 소재거리를 우리에게 주신 것이다. 글의 소재를 찾고 좋은 글을 쓰려면 어떻게 해야 하는지 글 쓰는 과정의 기초를 안내하시는 것 같았다.

씨앗을 심으려고 화분에 흙을 곱게 담고 알밤 같은 마로니에 씨앗을 가운데 잘 다독여 묻고 물을 뿌려주었다.

마로니에 씨앗을 심으면서 나는 가슴에 글심의 씨앗을 심었다. 처음 글쓰기를 시작한 나는 글쓰기도 나무가 자라는 것과 비슷하다는 생각이 들었다. 마로니에 씨앗을 심을 때 좋은 씨앗의 선택이 중요한 것처럼 글을 쓸 때는 소재의 선택이 매우 중요하다. 또한, 아무리 좋은 소재를 찾았어도 소재의 본질을 살릴 자료를 수집하는 등의 노력이 부족하면 좋은 글이 될 수 없다는 사실을 알게 되었다.

씨앗을 심은 지 한 달이 지나도 아무 소식이 없어 살며시 화분의 흙을 파 일궈 보았다. 흙 속에 묻혀있던 씨앗은 싹을 틔울 준비가 된 듯 물먹은 껍질의 색이 흐릿하게 변해가고 있었다. 싹을 틔우려는 마로니에 열매가 출산 직전의 어머니처럼 인고의 아픔을 참고 견디고 있을지도 모른다고 생각했다.

마로니에의 딱딱한 씨앗의 껍데기를 깨고 새싹이 나오려고 노력하는 것처럼 글쓰기에서도 소재를 발견하면 소재의 본질을 찾고 본질이 의미하는 대상을 찾아야 한다. 그것이 바로 수필의 의미화 작업이다. 쉽지 않은 일이지만 어쩌면 껍질을 벗기고 나오려는 새싹보다 더한 힘과 노력 고민 궁리가 있어야만 한편의 글을 쓸 준비가 된듯하다. 이런 노력 없이 가볍게 소재를 찾아 써 놓은 글에는 주제가 서지 않았다는 소리를 여러 번 들은 적이 있었다. 지금 생각하니 노력 없이 글을 쓴 행동이 민망한 일이었다.

어느 날 아침 경이로운 일이 벌어졌다. 얼마나 피나는 노력을 했을까, 연둣빛 아기 잎이 암흑 속에서 땅을 뚫고 나온 것이다. 마로니에 씨앗이 싹을 틔우는 데 석 달이 넘게 걸렸다. 글쓰기도 마찬가지다. 마로니에가 싹을 틔우는 시간만큼 소재 속의 사물과 인간사를 연결하는 의미화 작업이 그만큼 중요한 것이다. 독특한 의미화가 글의 우열을 결정하듯 이제 마땅한 주제를 세워야 한다. 마로니에가 튼튼하고 큰 줄기를 키워가듯이 글의 뼈대를 갖추어 가는 것이다. 그 뼈대에 인간의 생사고락을 입혀갈 때 좋은 글이 만들어지는 것이다. 긴 시간이 아니더라도 소재에 대하여 고민하고 알맞은 언어를 고르는 것은 간단한 일이 아니라 자신의 노력이다.

마로니에의 새싹에 물과 거름을 주며 보살펴야 꽃이 피고 열매를 맺듯이 내가 쓴 글도 다시 몇 번이고 들여다보며 다듬어 주어야만 진정한 생명력이 느껴진다.

수필은 주관적인 글로서 나를 돌아보고 성찰하는 글이다. 자칫 잘못하면 주제의 깊이가 없는 넋두리처럼 느껴지기 때문에 내가 쓴 수필을 읽고 공감하고 감동하게 하려면 많이 습작하고 퇴고해야 한다는 것을 알았다.

하지만, 그것이 생각만큼 쉽지는 않다. 쓴 글을 다시 읽고 들여다보는 것은 더욱 힘들다. 때론 처음 쓸 때의 감정과 읽을 때의 감정이 달라 더 많이 고민할 때도 있다. 수필을 시작한 지 얼마 되지 않아 아직은 어렵지만 서두르지 않으려고 한다. 절제된 감정으로 담담하게 내 이야기를 솔직하게 풀어나갈 것이다. 마로니에꽃이 뿜어내는 진한 향기처럼 나도 나만의 글 향기를 남기고 싶다. 언제가 될지는 모르지만, 독자들이 내 글을 읽고 공감하는 그 날까지 나의 수필 쓰기도 계속될 것이다. 하늘을 보고 높고 멋있게 자라는 마로니에처럼 지금보다 나은 좋은 글을 위해 쉼 없이 읽고 퇴고하는 일을 게을리하지 않을 것이다.

청남대

    높고 파란 하늘과 함께 은행나무 가로수 터널이 구불구불 청남대 길과 이어졌다. 청남대 길은 대한민국의 아름다운 길 100선에도 뽑힌 백합나무 길이다. 하늘을 찌를 듯한 백합나무는 정글처럼 숲을 이루고 있었다. 백합나무는 나뭇잎 모양이 튤립꽃과 닮아서 튤립나무로도 부르고 있으며 5월경 연한 연둣빛 꽃을 피운다. 여름엔 우거진 그늘을 주며 가을이 되면 나뭇잎이 노랗게 단풍이 든다. 단풍의 절정기가 지나 짙은 갈색으로 변한 잎들이 여린 바람에도 떨어져 흩날렸다. 나뭇잎이 모두 떨어진 겨울에는 꽃이 떨어진 꽃받침이 남아 눈을 맞으면 멋진 눈꽃으로 변하기도 한다. 사계절 우아하고 아름다운 나무로 속성수에 속한다.

    주차장에 들어서니 떨어진 백합나무 잎들이 자동차가 지날 때마다 뒹굴며 함성을 지르는 듯했다. 마치 입장객들을 환영하는 것처럼 느껴졌다. 발을 옮길 때마다 나뭇잎들은 바스락바스락 이야기하자고 쫓아왔다.

쫓아오는 나뭇잎들을 뿌리치고 하늘정원으로 올라갔다. 대통령 역사 문화관 옥상의 휴식 공간으로 여러 가지 꽃과 나무들이 아름다울 뿐만 아니라 백합나무의 우거진 숲과 주변의 아름다운 단풍을 위에서 볼 수 있었으며, 대청호 건너 문의 구룡산 봉우리 밑에 자리한 현암사가 손에 닿을 듯 선명하게 보였다. 주변의 황금빛 단풍과 잘 어울렸다. 그 아름다움을 가슴에 가득 안고 안내 화살표를 따라갔다.

청남대는 1983년 완공되어 '따뜻한 남쪽의 청와대'라는 뜻으로 역대 대통령들의 별장으로 사용되었던 곳이다. 본관을 중심으로 헬기장, 양어장, 골프장, 그늘막, 초가정으로 시설이 되어 있어 국가업무에 지친 대통령이 심신을 쉬기 위해 사용해 오다가 2003년 충청북도로 모든 권한이 이관되어 일반 국민들에게 개방된 후 전국에서 많은 사람이 방문하는 아름다운 관광지로 각광받고 있다.

본관으로 들어가는 길을 따라 빨간 국화꽃 화분이 줄을 서 있었다. 다행히 화분은 사회적 거리 두기를 하지 않고 빼곡히 놓여 있어 더 아름다웠다. '화분들은 얼마나 좋을까 거리 두기를 하지 않아도 되고' 이런 생각을 하다 보니 헬기장으로 사용했던 본관 앞 잔디밭에 도착했다. 각양각색을 한 아름다운 국화 화분들이 전시되어 있었다. 국화꽃이 다복하게 핀 커다란 하트 모양과 동그란 도넛 모양, 노란 국화꽃으로 만들어진 대한민국 지도 모양, 여러 가지 국화꽃으로 장식된 꽃 터널, 알록달록한 꽃탑들까지 잔디밭을 가득 메웠다. 정크아트의 작품인 커다란 봉황과 정말 잘 어울렸다. 아직 꽃들이 만개하지도 않았고 예년과 비교해 규모가 많이 축소된 느낌이었다. 그래도 짙은 국화 향과 함께 파란 하늘에 일렁이는 바람은 몸과 마음을 건강하게 만드는 것 같았다.

온몸에 꽃향기를 가득 안고 본관으로 올라갔다. 안에는 대통령들이 휴식차 내려왔을 때 사용했던 공간과 집기들이 그때 그대로 전시되어 있다. 당시의 소박하면서도 정갈했던 안주인들의 모습을 느끼며 생각할 수 있는 곳이다. 밖으로 나와 본관을 한 바퀴 돌았다. 노랑, 빨강 단풍나무와 수령이 오래되어 정원의 자랑거리인 모과나무, 먹음직스러운 감이 주렁주렁 열린 감나무들은 정원의 아름다움을 한층 더 돋보이게 했다.

본관을 지나 초가정 쪽으로 걷기 시작했다. 제일 먼저 골프장과 만났다. 잡초 한 포기 없이 깨끗했던 잔디밭이 변하고 있었다. 새롭게 대한민국의 임시정부 국무위원들의 동상을 건립하여 행정부의 메카로 만드는 작업을 하고 있었다. 대한민국의 뿌리를 찾는 듯했다. 천천히 임시정부 국무위원들을 소개한 표지판을 읽으며 나라를 위하여 선열들이 흘린 피와 땀을 생각하니 가슴 뭉클했다. 가끔 이렇게 편하게 먹고 살아도 되는 것일까 미안할 때도 있다. 오늘날의 발전된 대한민국의 기틀을 마련해준 선열들의 활동에 무한 감사를 했다.

잔디밭을 한 바퀴 돌아 나오면서 낙우송 가로수 길과 만났다. 그런데 이건 뭘까. 큰 나무의 아래쪽에 울퉁불퉁 이상한 모양들이 많왔다. 다른 나무 밑에서는 볼 수 없는 것으로 신기해 보였다. 알고 보니 오래된 낙우송에서만 볼 수 있는 기근氣根이라고 했다. 낙우송의 원뿌리는 땅속에 있고 땅 위로 공기뿌리(기근 氣根)가 나와 큰 나무의 호흡을 돕고 있는 것이란다. 울퉁불퉁한 기근氣根의 모습은 마치 탱화 속의 오백나한 모습처럼 보이기도 했다. 말하지도 못하고 움직이지도 못하는 나무가 자신의 삶을 연구하여 어려움을 극복하는 모습을 보며 자연의 지혜를 깨달았다. 공기뿌리(기근 氣根)의 모습을 보다가 고개를 드니 키 큰 낙우송의 노란 가지들이 바람에 일렁일렁 파란 하늘에 황금빛 그림을 그리는 것 같았다. 아름다운 풍경은 어느 곳에서도 눈을 뗄 수가 없었다. 낮은 언덕의 하얀 억새들은 햇빛 좋은 대청호 물에 찰랑찰랑 머리를 감는 듯했다. 하늘거림은 호수 위에 잔잔한 물결을 일으켰다. 호수에 비친 반영은 그림같이 아름다웠다.

초가정이 가까워질 즘 작은 물레방아가 돌아가고 있는 '행운의 샘'을 만났다. 대통령들이 지친 일상을 휴식하면서 몸과 마음을 정화했던 곳으로 지금은 이곳을 지나가는 사람들이 각자의 행운을 빌며 동전을 던졌나 보다. 물속의 동전들이 반짝반짝 유혹했다. 주머니 속에서 동전을 하나 꺼내 던지며 행운을 빌어 보았다. 이렇게 행운을 빌며 던져진 동전은 청남대 주변에 작은 학교 학생들에게 행운을 전하는 장학금으로 쓰인다고 했다. 더불어서 함께 사는 예쁜 마음이 행운인가 보다.

작은 초가집과 정자가 있는 초가정에 도착했다. 국민의 정부 초기에 만들어진 곳으로 옛날에 쓰던 농기구와 생활 도구들이 전시되어 대통령들의 향수를 달래는 장소였단다. 무심코 정자에 앉았다. 넓은 대청호가 눈에 가득 들어왔다. 한참을 넋 나간 듯 앉아있다가 보니 조용한 어느 외딴섬에 와 있는 듯 고요한 마음이 편안했다.

넓은 청남대를 하루에 다 돌아볼 수가 없어서 마지막으로 '대통령 기념관'으로 갔다. 서울에 있는 청와대 본관을 60%로 축소하여 건축한 건물로 대한민국의 발전과 국민을 위하여 열심히 일했던 대통령들의 기록화가 전시되어 있었다. 모두가 만족하고 즐거우며 행복한 순간들로 남아있었다.

기록화 하나하나를 볼 때 여의도 광장의 함성이 들리는 듯 귀가 시끄럽기도 하고 학생들의 민주항쟁의 모습이 보이는 듯도 했다. 대학생들이 거리로 나와 민주와 자유를 외칠 때는 내가 가르친 학생들을 마주할까 봐 가슴 졸인 적도 있다. 많은 이들의 노력으로 이루어진 이 땅의 자유를 모두 노력하여 지켜야겠다고 생각하며 무거운 발길을 옮겼다.

대통령 체험을 해볼 수 있는 체험장으로 내려가 컴퓨터 영상을 통하여 외국의 지도자들과 정상회담 하는 장면을 실제로 체험해 보았다. 잠시 내가 국민의 지도자가 된다면 어떻게 할까 생각해보았다. 한집안을 평화스럽게 만드는 것도 힘든데 하며 그저 법질서 잘 지키며 세금 잘 내는 일등 국민의 역할이나 잘해야겠다고 다짐했다. 청남대를 돌면서 금방 애국자가 된 느낌이다. 대통령들의 발자취를 돌아보고 밖으로 나오니 여러분들의 노력으로 이루어낸 대한민국이 얼마나 소중하고 자랑스러운지 생각하게 되었다. 연못의 음악분수가 춤을 추고 있다. 지금 내가 살고 있는 모든 풍요가 역대 대통령들의 노력이라고 생각하니 고맙고, 감사하며 잘 지켜야겠다고 생각했다.

피미마을

7월 첫날이다. 유수와 같은 세월의 흐름에 잠시 하늘을 올려다보았다. 가는 시간을 잡아맬 수 없음에 기분이 우울했다.

더위를 식히려고 피미마을 대청호 둘레길로 갔다. 만들어진 지얼마 안 되는 길로 편도 1Km 남짓한 짧은 구간이 대청호를 따라 조성된 조용한 길이었다. 아직 찾는 사람이 그리 많지 않고 알려지지 않은 길이라서 그럴까, 자연 그대로 자란 풀들이 내 키를 훌쩍 넘는 것 같았다. 그런대로 운치가 있어 보였다. 먼저 풀숲에 가려진 안내 표지판 앞에 섰다. 우리도 처음이라 동선 전체를 확인하려는 것이었다. 명상 숲길을 가면서 핑크뮬리밭으로 먼저 갔다. 종합안내 표지판에서 얼마 멀지 않은 곳에 있었다. 안내판에는 분명 핑크뮬리밭이라고 했는데 핑크뮬리는 보이지 않고 개망초만 내 키만큼 우거져 고라니가 즐겁게 놀고 있었다. 재미있게 놀고 있던 고라니는 우리의 발걸음 소리에 화들짝 놀라 경중경중 뛰어 산으로 올라갔다.

고라니는 우리를 보고 놀라고 우리는 고라니의 움직임에 화들짝 놀랐지만 내가 고라니를 놀라게 해서 많이 미안했다. 우리가 어쩌지도 않을 텐데 고라니가 놀라 달아나는 것을 보니 어쩔 수 없이 인간이 만물의 영장임을 깨닫게 했다. 야자 매트가 깔린 길을 따라 천천히 걸어 숲 안쪽으로 더 깊이 걸어 들어갔다.

뜨겁게 내리쬐는 해를 머리에 이고 천천히 걷다가 밤나무꽃이 어지럽게 떨어진 돌 테이블과 돌 벤치를 만났다. 앉아 쉬고 싶다는 생각이 조금도 들지 않게 어지럽고 지저분했다. 벌레처럼 보이는 밤나무 수꽃과 우거진 잡초에 눈길만 주고 피하듯 지나갔다. 얼마 걷지도 않았는데 빼곡한 나무들로 하늘도 보이지 않는 명상 숲길의 끝에 도착했다.

높은 나뭇가지에서는 왕거미가 오후의 따가운 햇볕을 피하여 그네를 타고 있었다. 그 옆으로는 으름덩굴이 높은 나무를 타고 오르며 열매를 키우고 있었다. 작은 초록색 바나나처럼 보였다.

그곳에서 돌아 나오며 들어갈 때 지나친 돌 벤치를 다시 만났다. 지저분하지만 잠시 앉아 쉬려고 몇 번을 닦았다. 돌 벤치에 앉아 고개를 드니 호수 가운데서 하늘로 치솟는 분수가 시원하게 보였다. 장마를 대비한 대청호의 물이 많이 줄어 목마른 대청호의 분수는 힘겹게 물을 뿜어 올렸다. 호수 가장자리에는 나무의 나이테처럼 물 빠짐의 흔적을 보여주고 있었다. 어쩐지 고단한 세월의 흔적처럼 보여 물 빠진 호수가 힘겨운 듯 느껴졌다. 그래도 오리 한 마리가 자맥질하며 출렁이는 물결의 규칙을 깼다.

가만히 앉아 눈을 감았다. 시원한 바람결이 이마를 만지고 가고 조용한 바람 소리가 귀를 간지럽히며 비 오듯 쏟아지는 땀을 식혀주었다. 자연 속에 동화되는 느낌이었다. 한낮의 무더위에 지친 마음을 잠시 쉬게 해주는 짙은 녹음과 바람이 너무 좋았다. 조용해서 자신에게 몰입할 수 있는 자연에 고마웠다.

녹음 짙은 시원한 그늘에 앉아 덧없는 삶을 돌아보았다. 멀리 꽃신 신은 내 모습이 보인다. 아장아장 걸으며 한없이 청순했던 내 머리에 허연 서리가 내리고 물결처럼 늘어가는 주름살을 보았다.

꿈과 청춘을 위하여 생긴 고운 금 하나에 사랑하는 사람을 만나 아웅다웅 보금자리를 일구느라 생긴 예쁜 실금 또 하나, 딸 낳고 아들 낳아 키우느라 생긴 기쁨의 훈장 또 하나, 누가 뭐라고 해도 눈가의 이마에 생긴 장중히 빛나는 흔적은 인생의 성공한 꿈의 결실이라고 생각했다.

살랑살랑 나뭇잎을 흔드는 바람은 비 오듯 쏟아지던 땀을 모두 거두어 호수 저쪽 양성산으로 올라갔다. 산 위의 깨끗한 대웅전이 마주 보인다. 잠시 보이지 않는 미래를 생각해보았다. 퇴직 후 나는 무엇을 할지 이제 한 달 후면 자유인이 될 텐데 말이다. 한참을 눈을 감고 묵상에 잠겨 나의 화두에 대하여 깊이 생각에 생각을 거듭해 보았다. 확실한 정답은 아니지만 살랑대는 바람과 함께 차근차근 정리되는 느낌이었다. 마음이 맑아진다. 기분이 상쾌해졌다.

고개를 드니 쨍한 해가 나뭇잎 사이로 까꿍 놀이를 한다. 살며시 밀려왔다가 밀려가는 작은 물결은 호수에다 내 얼굴의 주름살을 옮겨다 놓는 것 같았다. 일그러지고 굴곡진 주름살 하나하나가 부끄러울 필요가 없었다. 모두가 아름답고 값지고 보람 있는 것으로 얼굴에 주름살이 생긴 그때는 힘들고 고달팠을지라도 지금 생각하니 내 삶의 추억이었다고 생각했다. 무엇보다도 건강하게 사십이 년을 보내고 퇴직을 맞을 수 있음에 감사할 뿐이다.

삶은 기분 좋고 행복한 것으로 살아볼 만하지 않은가, 시원한 바람이 온몸을 나른하게 한다. 일어나야겠다. 어지럽고 지저분한 것도 잊고 잠시 깊은 묵상에 잠겼었다. 명상 숲길의 그늘에서 나오니 다시 땀이 등을 타고 내려온다. 자연 그대로의 피미마을 명상 숲길이 더위 속에서 나를 돌아보게 해주었다. 그뿐만 아니라 숲의 푸른 신록은 심신의 안정과 편안함을 주었다. 햇빛에 반짝이는 대청호 물과 하늘을 찌를 듯 자란 뽕나무와 상수리나무가 한층 더 힘을 주어 응원을 한다. 흐르는 세월을 원망하지 말고 앞서가는 세월을 즐겨보라고 하는 듯했다.

작품해설

김홍은

《아버지의 향기》수필집

김홍은(충북대학교 명예교수)

오명옥 수필가는 교직 생활로 평생을 살아온 작가이다. 성품이 꼼꼼하며 치밀하고 빈틈이 없다. 더군다나 교단에서 학생들과 함께 살아오면서 한눈 한번 팔지 않고 주어진 현실대로 바른길만 향하여 걸어온 교육자다.

문학작품 역시 흐트러짐이 없이 체험하고 보고, 느낀 삶을 곧이 곧대로 통찰한 마음을 진솔하게 그려내었다. 마치 씨앗에서 한그루의 생명이 자라나는 신비로움처럼 문장의 표현들이 깔끔하며 참신하다. 작가의 많은 작품 중에서도 부모님에 대한 사랑과 자식으로서 못다 한 효에 애달파함이 독자의 마음을 이끌고 있다.

〈아버지의 향기〉, 〈아버지의 의자〉, 〈어머니의 공책〉, 〈어머니의 봄 그날〉, 〈어머니와 열무〉 작품에서 인간애적 부모님에 대한 정을 느끼게 하며, 다시금 삶의 추억과 반포지효反哺之孝의 도리를 일깨워 주고 있다.

부모와 자식 간의 사랑은 끝이 있을 수가 없다. 부모님의 은혜도 평생을 두고두고 갚는다고 하여도 그 값을 다 갚을 수가 없다. 자식으로서 부모 사후회死後悔가 되지 않는 삶이 되도록 풍수지탄風樹之歎의 효훈을 살며시 일깨워 주고 있다.

〈아버지의 향기〉는 아버지 제사를 모시고 난 후 집에 돌아오니 어디선가 향긋한 향기가 진동하여 사방을 둘러보며 근원지를 찾아보니 바로 야래 향나무로부터 전해오는 향기임을 알게 되었다는 내용이다. 꽃의 향기를 통하여 아버지의 그리움을 가슴 절절히 애절하게 그려놓은 글이다.

어머니가 돌아가신 후, 아버지는 홀로서 외롭게 지내시다 세상을 뜨신 슬픈 심정을 어찌 글로 다 표현할 수 있으랴. 부모님의 부부간 사랑을 애틋함으로 담아냈다. 글을 읽으며, 독자로 하여금 애이불상哀而不傷이란 말을 떠올려지게 한다. 아무리 슬퍼도 그 슬픔이 병이 되지 않아야 하지 않던가. 인간사에 생로병사는 슬픈 길임을 어이하랴.

지금 꽃을 피우고 있는 야래향은 몇 년 전 아버지 제사를 지내고 돌아올 때 큰오빠가 분을 나누어 동생들에게 주었던 것이었다. 오빠는 꽃향기가 참 감미롭다고 했다. 그렇게 받아온 야래향은 매년 아버지 제사를 전후하여 꽃을 피운다. 제사를 모시고 집으로 와 거실에 들어서면 캄캄한 어둠과 찬바람이 가득한 공간은 더 큰 그리움과 슬픔을 느끼게 했다. 언제부턴가 그 어둠을 밀치고 달달한 야래향 꽃의 향기가 순간을 위로해 주었다. 아버지께서 우리에게 조건 없이 나누어주셨던 사랑처럼 그리움에 대한 슬픔을 위로해 주는 향기가 되었다.

- 〈아버지의 향기〉 중에서

아버지 제삿날 큰오빠가 나누어준 야래향 나무다. 매년 아버지의 기제를 마치고 집에 돌아오면 어둠 속의 공간으로부터 엄습해오는 찬바람은 더욱 인생의 슬픔과 허무감을 느끼게 하였다는 심정을 표현하고 있다. 그러하던 마음에 어느 때부턴가 야래향 꽃으로 하여 위로를 받는다.

쓸쓸한 마음을 꽃향기로부터 위로가 된, 화자는 야래향을 아버지로 의인화하여 추억을 그리었다. 조건 없는 아버지의 정을 받았던 보모의 사랑을 향기로부터 회상으로 표현해내었다.

예로부터 향기는 신을 모시는 과정에서 엄숙한 제를 지낼 때, 꼭 향을 피워 주변을 정화하여 왔다. 향기는 생존한 사람에게는 정신을 맑게 해주고, 안정되고 편안함을 가져다준다고 한다. 야래향 꽃의 은은한 향기는 아버지의 사랑임을 느끼게 하고 있다.

늘 오시던 집을 찾지 못해 이른 아침 이 집 저 집 벨을 누르며 다니다가 아파트 경비원의 도움을 받아서 겨우 찾아오셨다. 어머니와 함께하시지 않으면 대문 밖을 나서지 않으셨었는데 우리 집을 찾지 못하신 아버지를 보면서 하늘에 계신 어머니는 어떻게 생각하셨을까, 눈물이 핑 돌았다. 어머니도 눈물을 흘리지 않으셨을까. 어머니가 돌아가시고 7개월간 곡기를 끊으신 아버지는 평소 좋아하셨던 술과 함께 어머니 영정사진만 보며 지내셨다. 날로 쇠잔해지는 아버지가 안타까웠지만 너무나 완강하여 병원에 모시고 가는 것은 꿈도 꾸지 못했다.

– 〈아버지의 향기〉 중에서

사별이란 인간이 살아가는데 이보다 더 큰 고통은 없으리라. 전설에 의하면 원앙새는 부부로 살다가 한 마리가 죽으면 식음을 전폐하고 따라서 죽는다고 한다. 하물며 인간인들 부부의 정을 어찌 쉽사리 잊을 수 있겠는가. 아내가 세상을 뜬 이후, 7개월간 곡기를 끊고 영정사진만 바라보다가 쇠잔한 몸이 되어 버린 아버지. 늘 오시던 딸네 집을 못 찾아 이른 아침에 이집 저집 벨을 누르다 경비원 도움을 받아 찾아오신 불쌍한 아버지. 어머니를 화자는 순간 이렇게 회상하였을 것 같다.

부부의 사랑이란 수십 년을 오순도순 살면서 칠 남매를 낳고 키우며, 쌓은 정을 어찌 하루아침에 잊을 수 있으랴. 금실 좋은 그 사랑, 몸과 마음에 병들지 않을 수 있겠는가. 아버지 곁을 떠나시던 어머니도 어찌 눈을 감았을 거며, 아내를 떠나보내는 남편 심정인들 오죽하며 슬픔에 심장도 다 녹아나셨겠지. 외로운 고독의 심정을 그 누가 어떻게 헤아릴 수 있겠나. 이리도 고통스러운 인생사의 비통함 앞에 무슨 할 말이 있으랴. 쇠잔한 아버지를 병원으로 모시려 하지만 완강하심에 자식의 안타까운 심정을 토로하였다.

한복만 입으시는 아버지를 위해 곱게 다듬어 꿰맨 한복을 계절별로 차곡차곡 정리해 놓으셨었다. 어머니의 아버지에 대한 사랑과 배려는 무엇으로도 표현할 수가 없었다. 아버지는 그렇게 꿰매놓은 한복을 계절이 두 번 바뀌도록 한 벌도 입지 않으셨다. 어머니의 정을 녹여 한땀 한땀 꿰맨 옷이 아까워 입지 못했던 것이었다. (생략)

어디 그뿐이랴. 담금주를 좋아하시는 아버지를 위해 모과, 포도, 탱자 등 과일을 넣어 담아 놓은 유리 단지는 몇 개이던지. 아버지는 그것을 문갑 위에 올려놓고 보면서 생 소주를 잡수셨다. 아무리 좋아하시는 술이지만 어머니의 정성과 사랑이 담긴 술이 줄어드는 것이 아까우셨는지 보기만 하시더니 모든 것을 내려놓고 서둘러 어머니 곁으로 가셨다.

― 〈아버지의 향기〉 중에서

어머니는 늘 고운 솜씨로 곱게 한복을 기워 아버지를 선비다운 모습으로 깎아놓은 밤톨처럼 구김 없이 만들어 놓으셨다. 조선의 여인 같은 부부의 겸덕謙德으로 사시사철 계절에 맞게 남편의 한복을 꿰매어 농 속에 차곡차곡 넣어 놓으시고 저세상으로 떠나신 어머니.

담금주를 좋아하시는 남편을 위해 큰 유리병에 가득가득 담아 놓은 어머니의 정성을 눈물겹게 그려놓았다. 아버지는 곱게 꿰매놓은 한복도 입지 않고, 담금주가 줄어들까 봐 잡수지 않으시고 소주만 마신 눈물겨운 순애보 적인 먹먹한 현실을, 하늘나라로 떠난 부모님의 부부 사랑을 가슴 아프게 표현하여 놓았다. 백년가약의 의미를 약속처럼 지킨, 한 인간의 사랑이 독자의 마음에 아리도록 사무쳐오고 있다.

〈아버지의 의자〉 수필의 서두는 이렇게 시작하고 있다.

'꽃샘 바람결에 삐거덕삐거덕 대문도 꽃 이야기에 대답하지만 퇴색한 작은 나무 의자만 혼자서 바람을 맞이하고 있다. 아버지는 새벽이면 기침 소리와 함께 의자에 앉으셨다가 해 질 녘이 되어서야 대문 안으로 들어오셨다. 쓸쓸한 빈 의자를 바라보니 아버지가 간절히 그리운 봄날이다.'

봄의 서곡을 들려주는 대문 옆에 놓인 나무 의자와 아버지의 모습을 형상화한 문장으로 정감이 있다. 부지런한 아버지의 하루 계획을 화폭에 그려놓듯이 상황들을 감칠맛 나도록 섬세히 농촌의 손길을 표현하였다.

아버지는 밭에 나가시기 전 어스름한 여명 속 의자에서 하루의 일을 계획하신다. 그날은 거름을 펴고 이랑을 만들기로 하셨나 보다. 텃밭에 거름을 뿌리며 아침을 맞으셨다.

거름을 펴고 다듬어진 넓은 밭에는 감자도 심고 상추며 아욱, 쑥갓 등 봄 채소 씨앗들을 심고 볏짚으로 정성껏 덮으셨다. 가뭄도 들지 않고 닭들과 새들이 씨앗을 찾아 먹지 못 하게 하려는 것이었다. 눈에 보일락 말락 작은 씨앗에서는 며칠이 지난 후 여린 새싹들이 올라왔다. 새싹들은 하트 모양의 떡잎을 흔들며 무뚝뚝한 아버지의 고운 사랑을 가족에게 전했다.

아버지는 해가 서산으로 얼굴을 감추면 대문 옆 의자에 앉아 장화 속 흙먼지를 털어내곤 했다. 종일 밭일로 지쳐서 쉴 만도 한데 아버지는 옷을 갈아입고 외출 준비를 하셨다. 밭에서 거둔 푸성귀며 먹을 것들을 챙긴 보따리를 들고 서둘러 읍내로 발길을 재촉했다. 객지에 있는 두 아들이 보고 싶어 청주행 막차를 타러 가는 것이다.

– 〈아버지의 의자〉 중에서

봄을 맞는 농촌의 텃밭을 통하여 씨앗을 뿌리고 가꾸어가는 작은 생명의 의미를 실감 나게 아버지의 하루 일상을 소상히 한 폭의 풍경으로 그려놓았다. '새싹들은 하트모양의 떡잎을 흔들며 무뚝뚝한 아버지의 고운 사랑을 가족에게 전했다'라는 표현에서 싱그러움이 묻어나며 농촌의 행복스러운 봄의 향기를 느끼게 한다.

해가 저물어서야 아버지는 일을 마치고, 의자에 앉아 장화 속의 흙을 털어내는 한 농부의 순수함이 그려지고 있다. 보드라운 흙을 밟으며 많은 시간을 보냈을 지친 몸짓에서도 장화를 통하여 그 모습이 소박하게 밀려온다. 하루 내내 밭일로 지치셨으련만, 옷을 갈아입고 외출준비를 하시는 아버지.

밭에서 수확한 작물들을 챙긴 보따리를 들고, 객지에서 공부하는 아들을 위하여 청주행 막차를 타는 아버지다운 모습이 아련히 연상된다. 아버지의 자식 사랑이 독자의 가슴을 뭉클하게 하며, 부성애父性愛가 깊게 인식되어 부러움으로 스며나고 있다.

> 아버지는 청주에서 자취하고 있는 아들을 보러 갔다가 새벽이면 집으로 돌아오셨다. 아버지가 집을 비우는 그 시간에도 빈 의자는 하염없이 대문을 기웃거리며 이제나저제나 주인이 나오기만을 기다리고 있었다. 가끔 바람에 삐거덕거리는 소리에도 귀를 세웠다. 의자의 기특함을 알기 때문일까, 새벽에 돌아오신 아버지는 여전히 의자에 앉아 하루를 시작하셨다. 그처럼 의자는 아버지의 분신 같은 물건이었다. 어떤 고민이나 많은 생각을 정리할 때, 북받치는 분노를 삭이실 때도 아버지는 의자에 앉아서 가만히 눈을 감고 있으며 마음의 평온을 찾았다.
>
> – 〈아버지의 의자〉 중에서

아들을 만나고 새벽에 다시 집으로 돌아오시던 부지런한 아버지.

대문 앞에 놓여있던 의자를 바라보며, 화자는 이렇게 실토를 하고 있다.

아버지는 딸을 끔찍이도 사랑해주셨는데 정작 딸은 아버지한테 아무것도 해드린 게 없어 아버지 의자만도 못한 여식이었음이 부끄럽다 하였다. 화자는 속마음을 솔직하게 고백하고 있음이, 겸손함으로 받아들여지기도 한다. 한편으로는 출가외인이라 소홀하였음의 인식을 상기想起하게도 한다.

아버지의 의자는 자유로움의 쉼터요, 일을 마치고 났을 때는 휴식의 장소이고, 아침에는 생각하는 공간이었다. 노년에는 외로움에 자식들을 기다리시던 기다림의 장소였고, 기력이 쇠하셨을 때는 몸을 의지하시던 아버지의 마지막 인생의 고독을 음미하던 서글픈 의자이었음을 주인 없는 의자로 하여금 아버지의 그리움을 들려주고 있다.

〈어머니의 공책〉 작품은, 어머니의 유품을 정리하다 화장대 서랍에서 나온 공책이다. 밤낮없이 일만 하시는 어머니가 책을 본다거나 무엇을 쓰는 것은 한 번도 본 적이 없었다. 내 어머니는 글을 모르시는 분으로 알았다. 그렇게 철없는 생각을 했었단다. 제주도에 다녀오신 짧은 감상문이며, '장녹수'라는 노래 가사가 2절까지 적혀 있었다는 어머니의 공책을 읽고, 쓴 글이다.

공책을 펼치니 큰집 작은집 대소사는 물론 형제들의 생일과 당신 손주들의 생일까지 세세하게 기록되어 있었다. 큰집의 조카들과 조카며느리들의 생일까지도 모두 적어 놓으셨다. 그야말로 가족의 역사를 기록해 두신 우리 집안의 보물 같은 공책이었다.

〈생략〉

그 내용을 읽고 또 읽으며 고단했던 어머니의 생활에 도움이 되지 못했던 딸이기에 울고 울었다. 새벽부터 저녁 늦게까지 일해 피곤하실 텐데도 늦은 밤 글을 쓰시던 어머니는 무슨 생각을 하셨을까. 혹시, 어머니 마음도 헤아리지 못하는 딸이 서운하다는 생각을 하시지는 않았을지. 칠 남매나 되는 자식을 두셨지만, 어느 자식 하나 어머니 마음을 살피지 못했다고 생각하니 가슴이 무너지는 것 같았다.

– 〈어머니의 공책〉 중에서

모성애는 자식을 생각하는 어머니의 본능적인 마음이라 하지만, 어머니를 생각하면 가슴이 저린다. 낮이면 종일 밭에 가 일하시고, 밤이면 글을 쓰신 어머니. 주경야독이란 말이 바로 내 어머니 같은 분을 두고 한 말임을 화자는 이제서 느낀다. 당내 간의 대소사를 잊지 않으신 어머니. 어머니를 여읜 칠 남매는 어느 자식인들 애달프지 않았을까만, 어머니의 공책을 보고서 비로소 어머니의 무거웠던 짐을 깨달은 화자의 부끄러움을 눈물로 들려주고 있다.

애달파라. 어머님이시어, 이 은혜 잊을 길 없고, 호천망극昊天罔極만이 수없이 되뇌일 뿐, 세월의 흐름과 함께 담담하게 그 심정을 표현하고 있음이 독자의 마음까지도 슬프게 한다.

　　어머니의 인생을 생각하니 가슴이 저린다. 어머니는 평생 무슨
낙으로 사셨을까. 귀한 딸이라고 살뜰하게 챙겨주시면 나는 얌
체처럼 받아먹으며 당연하다고만 생각했다. "밥 먹어라, 감기 조
심해라"라는 소리를 잔소리처럼 여기며 늘 내 곁에 계실 줄만 알
았다. 어머니도 언젠가는 홀연히 내 곁을 떠나신다는 것을 왜 모
르고 살았을까.
　　어머니의 마음이 담겨있는 그 공책을 가슴에 안고 돌아왔다.
어머니를 만난 듯 가끔 꺼내 보려고 가져왔는데 그날 저녁 전화
를 거신 아버지는 공책을 가져오라고 불호령을 내리셨다. 아버
지도 나와 같은 생각을 하신 듯했다. 적적한 밤이면 아버지는 텅
빈 집에서 어머니 생각에 눈물지으시며 밤마다 읽어보던 공책이
라고 하셨다.

- 〈어머니의 공책〉 중에서

　자식들 뒷바라지하며 편한 날 없이 한평생 힘든 인생을 살다 가
신 어머니. 고명딸이라고 늘 대접만 받으며 자란 여식은 어머님을
한번 따뜻하게 섬겨드리지 못한 후회로 가슴이 저리다고 하였다.
어머니의 마음이 담긴 공책을 가슴에 품고 돌아왔건만, 아버지 역
시 소중하셨던지 가져오라는 불호령이셨단다. 텅 빈 집에서 밤마다
공책을 읽으며 어머니의 그리움을 달래셨음을 딸은 몰랐다.

항상 자상스럽게 아껴주시던 어머니의 말씀들이 잔소리로만 들렸던 철없음도 뉘우쳤다. 한편'어머니도 언젠가는 홀연히 떠나신다는 것을 왜 모르고 살았을까.'라고 한탄함이 안타깝게만 들리기도 한다.

'나무는 조용히 있고 싶어도 바람은 그치지 않고, 자식은 부모님을 봉양하려 하나 부모는 기다려주지 않는다.'라는 성현의 말씀을 다시금 상기시키듯 마음을 일깨우고 있다.

〈어머니와 열무〉의 수필은, 육거리시장에 갔다가 지난날 어머니를 회상하는 글이다. 어머니는 자식들 공부 가르치려 학비를 마련하느라 채소를 길러 팔기도 하였다. 때로는 밤새워 콩을 갈아 두부를 만들어 사러 오는 손님을 이때나 저 때나 늦도록 시장에서 기다리던 어머니의 모습을 회상하며 그리워하는 마음을 그려내었다.

낮이 점점 길어지는 어느 봄날 흙 묻은 고무다라를 머리에 이고 걸음을 재촉하시는 어머니의 뒷모습을 보았다. 많은 사람들 틈에서도 왜소한 체구에 흰 수건을 머리에 쓴 어머니를 한눈에 알아보았다. 하얀 교복에 갈래머리를 땋은 나는 쫓아가서 어머니 머리 위에 얹힌 고무다라를 번쩍 들어 머리에 이고 책가방을 한 손에 들고 앞서갔다. 어머니는 어서 내려놓으라고 뒤따라오며 만류하셨다. 나는 추레한 옷과 울퉁불퉁한 손마디에 흙이 묻은 어머니가 전혀 부끄럽게 느껴지지 않았다. 자식들을 위하여 애쓰시다 얻은 훈장처럼 느껴졌다.

　교복이 더러워진다고 내려놓으라며 쫓아오시던 어머니 목소리가 아직도 귓가에 맴돌아 가슴이 찡하다. 그때, 지나가는 사람들은 나를 힘드신 할머니를 도와드리는 착한 학생으로만 생각하는 것 같았다.

- 〈어머니와 열무〉 중에서

　밤낮없이 가족을 위해 헌신하신 어머니. 그 많은 사람들 틈에서도 머리에 고무다라를 이고 시장을 향하여 잰걸음으로 걸어가시는 모습이 생생하게 전해져온다. '왜소한 체구에 흰 수건을 머리에 쓴 어머니를 한눈에 알아보았다. 하얀 교복에 갈래머리를 땋은 나는 쫓아가서 어머니 머리 위에 얹힌 고무다라를 번쩍 들어 머리에 이고 책가방을 한 손에 들고 앞서갔다.'라는 그 모습이 상상되어 자랑스럽게 느껴져 온다. 어머니의 만류에도 불구하고 앞을 내닫는 딸이 얼마나 고맙고 흐뭇하셨을까. 뒤쫓아오시며 교복이 더러워진다고 내려놓으라고 하시던 어머니의 목소리가 아직도 귓가에 맴돈다고 하였다. 화자의 가슴에 지난날을 어찌 잊을 수가 있으랴.

　어머니의 '추레한 옷과 울퉁불퉁한 손마디에 흙이 묻은 어머니가 전혀 부끄럽게 느껴지지 않았다.'라며 어머니의 손마디는 자식을 위해 얻은 훈장처럼 느껴졌다는 그 마음은, 안타깝고도 쓰라린 눈물의 언어로 독자의 가슴으로 찡하게 울려온다.

같은 여자로서 어머니를 생각하면 눈앞이 뿌옇게 흐려진다. 어머니는 양반집 막내딸로 태어나 부모님 사랑을 독차지하며 귀하게 컸을 텐데 결혼 생활은 팍팍하기만 했다. 시어머니에 시동생까지 칠 남매나 되는 자식들 먹이고 입히느라 당신 몸엔 늘 찬바람이 일었다. 한겨울 세찬 바람을 받으며 장사하느라 골병이 든 무릎에서는 때때로 바람 소리가 나는 듯했다.

자식을 낳아 키워보니 사람들 많은 곳에서는 늘 주눅 들어 계셨던 어머니의 모습이 떠올라 가슴이 먹먹해진다. 늦게 얻은 딸이라고 귀하게 키워주셨지만, 어머니께 제대로 된 옷 한 벌도 해드리지 못한 것이 늘 마음에 걸린다.

– 〈어머니와 며느리〉 중에서

'같은 여자로서 어머니를 생각하면 눈앞이 뿌옇게 흐려진다.'라는 작가는 어머니의 고생을 돌이키고 있다. 어머니가 시집와서 살아오신 애절한 삶을 눈물로 들려주고 있다. 가족을 먹여 살리기 위해서, 그리고 칠 남매 공부 가르치느라 '한겨울 세찬 바람을 받으며 장사하느라 골병이 든 무릎에서는 때때로 바람 소리가 나는 듯했다.' 한다.

옛말에 '너도 커서 자식새끼 낳아 길러봐야 부모 마음 알게 될 것이다.'라 하지 않았던가. 인간 철칙의 이 한마디가 자식이라면 누구나 깨닫게 된다. 자신이 자식을 낳고 키워보니 어머니의 심정을 알았다며 어머니는 '사람들 많은 곳에서는 초라한 모습에 당당하지 못하고, 늘 주눅이 들어 계셨던 그 모습이 떠올라 가슴이 먹먹해진다.'라며, 후회한다. 자식 중에서도 딸이라고 더 보살펴주고 사랑하여 주셨으나 어머니께 고운 옷 한 벌 제대로 사드리지 못함이 가슴 아프다는 표현이 너무도 안타깝고 원망스럽게 독자의 마음에도 젖어 든다.

아버지의 향기
오명옥 수필집

초판 1쇄 인쇄 | 2023년 9월 10일
초판 1쇄 발행 | 2023년 9월 22일

지 은 이 | 오 명 옥
펴 낸 이 | 노 용 제
펴 낸 곳 | 정은출판

출판등록 | 2004년 10월 27일
등록번호 | 제2-4053호
주   소 | 04558 서울시 중구 창경궁로 1길 29 (3층)
대표전화 | 02-2272-9280
팩   스 | 02-2277-1350
이 메 일 | rossjw@hanmail.net
홈페이지 | www.je-books.com

ISBN 978-89-5824-487-5 (03810)

✳ 이 책은 충청북도, 충북문화재단의 후원으로 문화예술육성지원사업의
   일환으로 지원받아 발간되었음.